PAPINEAU

OU L'ÉPÉE À DOUBLE TRANCHANT

CLAIRE DE LAMIRANDE

PAPINEAU
OU L'ÉPÉE À DOUBLE TRANCHANT

Roman **Quinze**

Maquette de la couverture :
Jacques Robert

Dessin:
Gité

LES QUINZE, ÉDITEUR
(Division de Sogides Ltée)
955, rue Amherst, Montréal
H2L 3K4
tél. : (514) 523-1182

Distributeur exclusif pour le Canada :
AGENCE DE DISTRIBUTION POPULAIRE
(Division de Sogides Ltée)
955, rue Amherst, Montréal
H2L 3K4
tél. : (514) 523-1182

Dépôt légal, 1er trimestre 1980
Bibliothèque nationale du Québec

ISBN 2 89026 213 8

1

PAPINEAU ET GOSFORD EN TÊTE À TÊTE

Papineau a accepté de rencontrer le gouverneur Gosford. C'est la curiosité qui l'amène.

Personne ne sait que le gouverneur est à Montréal. Tout se fait dans le plus grand secret.

Gosford est plein d'illusions. Il pense encore pouvoir me gagner à ses petites réformes de détail. Il avait l'air d'un pauvre illusionniste quand il a fait le discours du trône. Toutes ces longueurs, tout ce fatras de petites mesures.

C'est un artificier. Il pensait nous en mettre plein la vue. Comme si on pouvait oublier l'essentiel et ne pas s'en rendre compte.

Il a du charme, c'est indéniable. C'est dommage d'être obligé de le haïr : comme les autres. Tous les autres gouverneurs anglais. Ils arrivent ici avec leur air de grands seigneurs débonnaires. Fermes mais pleins de bonnes intentions. Tous des conciliateurs. Comme si on avait envie d'être conciliés. Qu'est-ce qu'il va inventer aujourd'hui ? Je n'aurais pas accepté une invitation officielle. Il a trouvé ça : un dîner secret, en tête à tête. Deux amis que tout sépare. On dirait qu'il a du plaisir à me voir. Il va me regarder pendant de longues minutes sans parler. Comme d'habitude. Il va me dévisager et je ne baisserai pas les yeux, moi non plus. S'il fallait que Nelson m'entende penser.

7

Si on faisait une entente, Gosford. Tu ne peux pas donner à la colonie ce que la couronne lui refuse ? Tu es condamné à la fidélité. L'autre jour, tu as dit entre les dents, je t'ai entendu : je ne suis pas le roi, moi.

J'aurais peut-être pu me méfier. Cette invitation pourrait être un piège. On me retrouverait assassiné dans une petite salle de restaurant. Personne ne te soupçonnerait et toi tu aurais débarrassé la colonie d'un chef haïssable. Tu serais décoré par ton gouvernement. Pour tes loyaux services : avoir maintenu la paix et l'autorité de la couronne. Ce serait beau.

Comment veux-tu qu'on vive en paix ? Tu ne lis pas les articles d'Adam Thom dans le Herald ? Ces torchons ?

Papineau fait deux fois le tour de la petite maison. Rien d'insolite. Il est déguisé et personne ne semble le reconnaître. Il attend à quelques pas, dans une encoignure. Emu. Surpris d'être si ému.

Il y a quelques jours seulement, Papineau lançait aux patriotes qu'ils avaient cent fois raison de haïr Gosford. Gosford nous hait, payons-le de retour.

Aujourd'hui, je suis ému. À cause du tête à tête. À peine un frisson sous les cheveux. Le piège est toujours possible. Quelqu'un de son entourage aura su notre rendez-vous. Lui, je ne peux pas le soupçonner. Quand il m'a dit : « Venez dîner avec moi. Nous serons seuls », j'ai accepté tout de suite.

Je sais qu'il va me regarder droit dans les yeux. Comme si on pouvait s'entendre. Comme si c'était possible. Tu es lié par ta fidélité à ta patrie, je suis lié par la fidélité à la mienne. Des irréductibles qui n'ont qu'à se haïr, voués à se dévisager.

Gosford s'en venait. Tout seul. C'est à ne pas le croire. Et Papineau le regarde marcher. Il est déguisé sans l'être, lui aussi. Déjà le charme agit et Papineau sourit de s'entendre l'appeler gouverneur haïssable. Je veux tout Gosford, je ne veux pas de prix de consolation. Toi, tu m'accordes tous les détails. Les quatre-vingt-douze résolutions, tu les acceptes toutes : tu ne me refuses que les plus fondamentales. Pauvre magicien ! À te regarder venir en douce, j'en arrive à me mettre dans ta peau. Qu'est-ce que je ferais à ta place ? Si on se déguisait vraiment : si on changeait de rôles tous les deux. Je serais Gosford, tu serais

Papineau. Ça me fait mal aux côtes. Tu as peut-être raison de parler aux gens de ma folie. Il m'arrive de la sentir moi aussi. C'est comme une exaspération qui me vient de toutes les barrières, de toutes les amitiés impossibles.

Gosford a reconnu Papineau. Il s'est approché et lui fait ce sourire exaspérant que Papineau ne reconnaît que trop.

— Venez Papineau. J'ai réservé une petite salle au nom d'un de mes secrétaires.

— C'est un piège?

Encore ce sourire. Il a les yeux qui rient. Comme si quelque chose de souriant était possible entre nous.

— Vous savez bien que non.

— Je me méfie de vos amis.

— Moi, c'est de vous que je me méfie.

— Pourquoi m'inviter à ce tête à tête si vous vous méfiez de moi?

— Je suis prêt à tout pour vous gagner à la paix.

Encore l'exaspération qui me soulève le coeur. J'en viendrais au corps à corps avec lui si je ne me contrôlais pas.

Gosford continue de sourire. En douce. Tout ce qu'il pense pouvoir faire en douce!

— La salle est convenable. Trop petite pour nous deux, mais quand même acceptable. Nous serons plus à l'aise de ne pas avoir à parler haut.

Leurs genoux se touchent presque. On leur apporte la soupe et on referme la porte.

Papineau ne dit rien. Gosford sourit encore un peu mais son regard est plus noir que d'habitude.

— La première fois que je vous ai vu Papineau, je vous ai trouvé très orgueilleux. Je voudrais pouvoir vous faire lire ce que j'ai écrit de vous dans mes notes personnelles.

— Qu'importe!

— Vous avez raison et vous avez tort.

— Si c'est pour me dire ça que vous m'avez invité à manger en tête à tête avec vous, c'est perdre notre temps à tous les deux. En quoi mon orgueil peut-il être important?

— Laissons votre orgueil pour le moment. J'ai su de source sûre qu'on s'apprêtait à nous assassiner : tous les deux.

— Qui ? Les mêmes personnes voudraient nous assassiner tous les deux ?

— Des tentatives d'assassinats vont avoir lieu Papineau. Je ne sais pas qui au juste lèvera le bras sur vous ou sur moi. Ce que je sais, c'est que les coups viendront de plusieurs directions : pour vous comme pour moi. Il semble bien que tous les partis nous en veulent : à tous les deux.

Encore un sourire et Papineau sent l'exaspération tourner en fureur.

— Ça vous fait sourire ?

— Nous sommes en tête à tête. Pour le moment, il n'y a pas de danger.

— Les assassins pourraient en profiter. Un seul coup et nous sommes morts tous les deux.

Mais Papineau a la respiration courte. Ce n'est pas la peur, c'est autre chose. Papineau n'a jamais ressenti la peur. Il le disait encore à Lactance ces jours-ci. Quel besoin ressent-il toujours de dire à Lactance que lui, Papineau n'a jamais eu peur de rien. C'est peut-être que son fils Lactance a peur de tout et que Papineau se demande ce qui le fascine dans cet enfant de lui qu'on dirait de quelqu'un d'autre.

— Vous êtes distrait, Papineau.

— Qu'avons-nous à nous dire ?

La table est petite. Leurs genoux se touchent de temps en temps. Papineau se recule. Gosford a des fossettes qui lui creusent les joues.

— Les temps sont trop difficiles pour sourire comme vous le faites.

— Pourquoi pensez-vous qu'ils veulent nous tuer : tous les partis et tous les deux ?

— D'abord, je crois que vous inventez tous ces projets d'assassinats. Qu'Adam Thom et son parti de chiens hargneux soient prêts à me tirer une balle dans la tête, je le crois sans peine. C'est le seul parti qui pourrait vouloir m'assassiner.

— Non Papineau. Vous vous leurrez. Le parti que je considère comme le seul parti anglais décent, le parti des mar-

10

chands, des propriétaires terriens, des banquiers, ce parti-là vous craint autant que la ruine. Comprenez-vous? Vous êtes celui par qui la ruine peut arriver.

— Et vous? Le parti anglais décent voudrait vous tuer vous?

— Oui. Parce que moi, je suis un gouverneur conciliant. Je ne veux pas utiliser la violence. Sous aucun prétexte. Comprenez-vous, Papineau? Je suis contre les moyens drastiques et ils ont peur pour leur fortune.

— Le parti des patriotes n'a certainement pas projeté de vous assassiner.

— Ils me haïssent. Vous avez tout fait pour ça en me traitant de voleur et en leur disant que je prenais leur argent. Il faudrait vous mettre un frein dans la bouche, Papineau. Vous êtes un orateur dangereux. Vous n'auriez jamais rien été sans votre don d'orateur.

— Et moi? Les patriotes voudraient m'assassiner moi aussi?

— Vous aussi.

— Comment sauriez-vous une chose pareille? Vous avez des rapporteurs?

— Je sais beaucoup de choses.

On leur apportait encore un plat et Gosford ne disait plus rien. Il continuait de dévisager Papineau. Ils auraient pu être amis en d'autres temps, d'autres circonstances. Quand Papineau parlait en Chambre, Gosford l'enviait. Il aurait voulu être là lui aussi. Au moins faire partie de ses admirateurs. Il devait se contenter d'entendre raconter ce qui s'était passé par les ennemis de Papineau. Les discours de l'Orateur lui arrivaient défigurés mais il les reconnaissait quand même. Il les reconstituait.

— On dirait que vous souriez de contentement et ça me paraît indécent.

— Je ne souris pas de contentement. J'essaie de profiter de ce tête à tête qui nous est encore donné.

Papineau n'aimait pas penser que les patriotes voulaient l'assassiner. Où Gosford voulait-il en venir? À semer la méfiance? À me séparer des miens?

— Papineau, il n'y a pas que le parti des chiens hargneux d'Adam Thom ou celui des exécrables marchands anglais qui veulent nous assassiner : nos amis les plus chers se disent que nous avons fait notre temps et qu'ils seraient mieux sans nous.

— Qui ?

— Je suppose que vous voulez savoir qui veut vous tuer vous ? Les modérés d'abord. Ils ont peur de vous Papineau. J'ai entendu des gens sensés, calmes, dire qu'il valait mieux qu'un seul homme meure et que les autres soient sauvés. Si je vous disais qu'ils sont venus me faire une proposition ? Ils vous auraient livré vous, pieds et poings liés.

— De quoi pourriez-vous m'accuser ?

— Ils m'offraient des témoignages très lourds. J'aurais pu vous accuser de haute trahison très facilement. J'ai refusé.

— Qui ?

— Je ne vous donnerai pas de noms, Papineau. Ils ne m'aiment pas, moi non plus, les modérés, vos modérés. Ils me méprisent. J'ai refusé, mais eux n'ont pas abandonné leur idée. J'ai su qu'ils avaient décidé de vous sacrifier à la paix. Ils veulent la paix à tout prix.

Gosford ne souriait plus. Ses yeux avaient foncé. Il se faisait suppliant.

— Ceux que vous appelez avec émotion : les miens, Papineau, ceux-là non plus ne sont pas tous avec vous. Même vos patriotes veulent votre mort.

— Vous mentez.

— Vous avez des ennemis tout près de vous.

— Pour quelle raison m'en voudraient-ils ? Il faut que vous mentiez.

— Vous prenez trop de place. C'est une raison suffisante. Ils sont jaloux ou bien ils considèrent que le temps des discours est fini. Le peuple est monté. Ils craignent, savez-vous quoi Papineau ? Savez-vous ce qu'ils craignent ?

Papineau ne disait rien. C'était à son tour de se taire. Le propriétaire du restaurant avait reconnu Papineau et Gosford. Il avait la respiration courte et les servait avec ce qu'il voulait être une grande discrétion. Mais il tremblait un peu en changeant les verres.

On leur avait apporté une mousse à l'érable et le gouverneur prenait le temps d'y goûter avant de l'avaler. Ça lui donnait un air moqueur que Papineau n'aurait pas voulu remarquer.

— Vous vous amusez, on dirait.

— Nous aurions pu être amis, Papineau. J'ai tant voulu réussir en Canada. Me croirez-vous si je vous dis que j'en ai fait l'oeuvre de ma vie ? Tant de gouverneurs ont échoué avant moi. Je m'étais dit que moi je réussirais. Il me semble que si vous n'aviez pas été là, j'aurais réussi.

— À leur faire oublier les réformes fondamentales en leur accordant des détails ? En leur donnant des prix de consolation ?

— Personne ne pouvait réussir Papineau. Personne ne réussira jamais.

— Pourquoi ne pas nous avoir donné ce que nous demandions ? Simplement.

— L'Angleterre a peur de perdre la colonie en accordant les réformes fondamentales que vous demandez. Pensez-vous qu'elle peut la perdre en les refusant ?

— Vous ne m'avez pas dit ce que craignent mes amis les plus chers ?

C'était au tour de Papineau de sourire et de se moquer. Il connaissait la ferveur de ses amis et ne posait la question à Gosford que pour le voir inventer encore des projets d'assassinats.

— Il y en a plusieurs qui veulent vous faire disparaître, Papineau. Ils ne vous tueront peut-être pas. Ils vous feront disparaître, vous verrez. Je vous ai demandé tantôt si vous saviez ce qu'ils craignent, tous ces exaltés, et vous ne m'avez pas répondu. J'aurais voulu que vous essayiez de répondre à ma question.

Ils ne mangeaient plus. Ils se regardaient encore. Ils se dévisageaient encore.

— Qu'est-ce que vous pourriez continuer de faire, Papineau ? Le savez-vous ? Eux le savent. Ils veulent vous en empêcher. Vous pourriez continuer de parler, comprenez-vous ?

Vous pourriez vous mettre à dire autre chose. C'est ce que ces exaltés craignent par-dessus tout.

Gosford avait avancé sa main sur la table. La paume ouverte. Comme pour une offrande.

— Vos amis ne veulent plus que vous continuiez de parler. Le temps des discours est fini Papineau. Vous êtes fini, Papineau. Le savez-vous ? Ils vous l'ont dit au Conseil de guerre. Le temps est venu d'autre chose. Ils ont parlé de fondre leurs cuillers. Vous ne devez pas croire que je suis ignorant de ça. Je sais beaucoup de choses. Vos amis savent que vous êtes contre la révolte armée. Surtout contre la révolte armée sans armes. Les plus exaltés de vos amis savent que si vous parlez, vous allez parler contre la révolte armée. Après avoir monté la foule comme vous seul pouviez la monter, ils ont peur que vous la démontiez comme vous seul pourriez la démonter. C'est pourquoi ils veulent vous faire disparaître. Ils trouveront bien une façon. Je pense que le parti anglais peut se fier à vos amis pour vous faire disparaître. Moi je sais qu'il ne faut pas que vous partiez. Et pourtant, je devrai prendre des mesures très bientôt.

Papineau n'avait pas baissé les yeux. Même si Gosford avait deux larmes qui brillaient.

— Vous nous avez amenés tout près de la guerre civile, Papineau. Vous seul pourriez nous en écarter. Si vous vous étiez tu, on n'en serait pas là. Mais si vous vous taisez aujourd'hui, personne d'autre que vous ne pourra nous sauver. Il est encore temps Papineau. M'aiderez-vous ?

— Donnerez-vous les réformes fondamentales ?

— Plus tard, ce sera possible. Les esprits auront mûri.

Quand ils sont sortis du restaurant, il faisait noir. Ils avaient encore un peu continué de parler. À voix basse.

— Adieu Papineau. Il y aura des mandats d'arrestation qui seront émis contre tous les chefs réformistes. Vous êtes le premier sur la liste. Mes conseillers me disent que vous pourriez être le seul, tout aussi bien.

— Et vous ?

— Oh moi ! Mon nom sera au bas de la feuille. Vous avez dû apprendre que j'ai fait révoquer les juges qui n'étaient pas tout à fait sûrs. Je ne suis pas fait pour la rigueur, Papineau. J'ai demandé mon rappel. J'espère que la réponse ne tardera pas. J'ai peur pour vous. Par moments, je me sens malade. Échec, échéance, c'est pareil.

2

LA VISION D'ADAM THOM

Adam Thom avait reconnu les deux hommes. Il les avait vus se serrer la main.

Ensemble ! Je l'ai toujours su. Ce n'est pas pour rien que Gosford a dissout mon corps de carabiniers. S'il fallait qu'il arrive du mal à son ami Papineau !

J'ai des visions d'articles que je pourrais écrire dans le Herald : « Un tête à tête touchant : Gosford et Papineau ont dîné ensemble hier dans le plus grand secret. A quoi pouvait-on s'attendre d'un gouverneur qui dissout un corps de loyaux sujets comme s'ils étaient des traîtres ? À quoi pouvait-on s'attendre d'un homme qui considère comme un crime de s'être levés pour protéger nos femmes, nos biens, nos droits et nos privilèges ?

De quoi ont parlé les deux têtes du tête à tête ? J'étais à la porte, j'ai tout entendu. »

Non, je n'ai pas tout entendu mais je voudrais bien avoir tout entendu. Une douleur l'avait pris à la poitrine. Appuyé à un mur, caché et misérable, il attend que la douleur s'en aille. Un besoin de crier sa rage, une incapacité totale de bouger.

S'il fallait qu'un membre du Doric Club apprenne que je vois la Jeannette dans les coins noirs, ils m'écraseraient de leur

17

mépris. De leurs coups aussi. Personne ne peut me voir. Qu'est-ce que j'ai à risquer ma vie pour une fille folle qui rit peut-être de moi avec ses amies ?

Qu'est-ce qui leur prend eux, tous ces fous de continuer à vouloir être Français ? C'est fini. Moi, en Ecosse, je cultivais la haine pour la couronne britannique. Ici, je fais semblant de la défendre. Je la défends. Je forme des corps de carabiniers pour la défendre.

Je ne devrais pas rire. Ça me fait mal à la poitrine. S'il fallait que je meure ici, en plein quartier patriote !

Quand on a renoncé à être Ecossais pour défendre la couronne britannique, on n'accepte pas les prétentions des Français à rester Français. Surtout ici, surtout en Canada. Qu'ils meurent tous. Qu'ils fassent de la place.

Quand je les vois s'écouter parler, j'enrage. Avoir l'air intelligent quand on enrage, c'est impossible. Je sais que mes articles sont haineux. Un chien enragé. Je sais qu'ils m'appellent le chien enragé. Je me sens devenir barbare.

— Qu'est-ce que tu fais là ?

— Parle plus bas.

— Oui, oui.

— J'ai une crampe d'estomac.

— Il fait froid ici. C'est humide.

— Non. Bouge pas. On est cachés ici. C'est bien ici.

— C'est dommage que tu sois si bête.

— C'est la faute à Papineau.

— Tout le monde dit ça partout : c'est la faute à Papineau. Il porte tous les péchés du monde.

— On devrait le crucifier.

— Cesse de blasphémer. C'est déjà assez terrible que je continue de te voir et de te parler.

— M'aimes-tu ?

— C'est une chose qui se dit pas dans mon cas. J'ai entendu mes patrons lire ton article d'hier dans le Herald. Ils te considèrent comme un démon. S'ils savaient que je te vois dans les coins noirs, ils me retourneraient à la campagne. Chez nous à la campagne.

— J'irais avec toi.

— Menteur. Tu penses rien qu'à te battre. C'est pas la paix que tu veux, c'est la guerre.

— Il faut que j'aille au Doric Club.

— On peut même pas aller dans notre coin ? Même pas une demi-heure ?

— C'est ma crampe ! Ça me fait trop mal. As-tu vu deux hommes dans la rue en t'en venant ?

— Oui.

— C'est Gosford et Papineau que tu as vus.

— Tu dois rêver.

— Non. Je les ai reconnus. Deux traîtres.

— Si les deux étaient traîtres en même temps, ils s'entendraient ensemble. Ils sont loin de s'entendre.

— Deux traîtres. Deux têtes à abattre.

— Adam ! Qu'est-ce qui te prend d'être de leur côté, du côté des bureaucrates ? Penses-tu qu'ils t'aiment ? Ils te vomissent.

— Moi aussi je les vomis. Ça ne m'empêche pas d'être du côté du plus fort. En Écosse, j'étais de l'autre côté, comprends-tu ? Du côté des écrasés, du côté des conquis. Je me suis exilé pour en finir avec les opprimés. J'ai le goût de tuer tous les opprimés, tous les conquis. Comprends-tu ?

— On aurait le temps d'aller dans notre petit coin.

— As-tu peur de moi, Jeanne au bûcher ?

— Oh non !

— Je te tuerais pourtant. Ça me soulagerait.

— Je sais ce que tu veux dire par là : je te tuerais. Allons-y.

— Il faut que j'aille au Doric Club. Va-t'en la première. Je vais attendre que tu sois loin pour sortir d'ici.

— Embrasse-moi mieux que ça.

— Avant de partir, dis-moi un peu ce que tes patrons disent de Papineau.

— Mes patrons sont plutôt modérés. Ils trouvent que Monsieur Papineau devrait accepter les offres du gouverneur même si tout n'est pas réglé tout d'un coup. Ils ont peur. Tout le monde a peur partout. Il y a des présages.

— Quelle sorte de présages ?

19

— Des enfants étouffés dans leur berceau.

— Par qui ?

— Par des démons.

— Va-t'en, tiens ! On se rencontre demain. Mais de l'autre côté pour ne pas attirer l'attention.

Jeannette est partie. La crampe dure. Elle descend au ventre.

Adam Thom voudrait pouvoir s'asseoir quelque part avant d'aller au Doric Club. Comment faire bonne figure quand on se sent mourir. Il cherche des visions capables de le ressusciter. Il s'essaie à voir les chefs patriotes pendus aux arbres du Mont-Royal. Tous les arbres sont décorés de patriotes. La vision ne guérit pas. C'est tout le corps qui lui fait mal. Les jambes molles, le coeur dans la gorge. Qu'est-ce que j'ai ?

Comme à Londres, quand il s'est battu dans un pub du quartier irlandais. Il y avait ce grand Anglais qui battait tout le monde. Comme s'il était chez lui partout. Je ne sais pas pourquoi on refait toujours le même dessin toute sa vie. On reçoit un coup à dix ans. On a beau faire, on dirait que c'est le même coup qu'on reçoit tout le temps. Même ici. Je suis venu jusqu'ici pour semer l'agresseur. Je me suis mis de son côté pour être sûr de ne plus être parmi ceux qui reçoivent les coups. Les coups, c'est moi qui les donne à l'avenir. Je prends mon destin en main. Je suis du côté de la couronne britannique et c'est moi qui bats tout le monde. En Angleterre, je n'aurais pas pu faire ça. On ne m'aurait pas pris au sérieux.

Ici, c'est un pays neuf. Un pays fraîchement conquis. Du moins, on dirait bien que la conquête est encore fraîche, à les entendre parler. J'ai choisi mon côté pour y rester.

Quand je pense que le gouverneur a dissout mon beau corps d'armée. Huit cents hommes prêts à se battre. Trop prêts peut-être. Ce que je voudrais c'est réussir à les contrôler. Le gouverneur n'a jamais voulu les armer. On peut le comprendre. Moi, je les connais. Il y en a qui me ressemblent drôlement. En Angleterre, on ne les aurait pas pris au sérieux. Ici, ils ont beau mentir. Quand ils crient qu'ils veulent défendre la Couronne britannique, moi je sais ce que ça veut dire. Je suis peut-être le seul à le savoir. Le gouverneur est loin de la vérité dans ses pires élucubrations.

Ce sont de loyaux sujets. Sans aucun doute. Loyaux d'abord à eux-mêmes et à leurs ambitions. Il y en a qui sont riches, vraiment riches. La plupart sont comme moi. Ils ont les dents longues et si la couronne britannique peut les enrichir, ils sont pour sa défense. L'envie de se battre, c'est une démangeaison. L'envie de piller les habitants d'ici. L'envie surtout de leur faire passer cet orgueil insensé qu'ils ont.

Qu'est-ce qui les prend d'être si orgueilleux ? Comme s'ils n'avaient pas été conquis. Comme les Irlandais, comme moi. Comme tous les autres. Que le soleil n'ose même plus se coucher sur les conquêtes britanniques.

Il faut pourtant que j'aille au Club. Ma crampe s'en va doucement.

Mais Adam Thom a levé la tête. J'ai toujours eu des visions. Ils sont orgueilleux ici, moi, je suis curieux. C'est la curiosité qui me pousse à vivre. C'est le plus fort de mes instincts.

Ici, en Canada, je ne veux pas de limites. C'est un grand pays. Je veux tout. Qu'ils meurent tous, les autres. Qu'ils me fassent de la place.

C'est quand même la curiosité qui me pousse. Qui me brûle. La soif. Du vertige, de la lutte, des victoires. De l'amour aussi. Il fallait que je me mette à aimer une fille comme Jeannette : une illettrée, une femme humiliée. Elle n'a pas l'air d'une femme humiliée : trop belle pour ça. Elle n'a pas l'air d'une illettrée non plus : à l'entendre parler elle sait lire et écrire. Mais elle est fragile et vulnérable : je voudrais le croire. Si les membres du Doric Club savaient que je la vois dans les coins noirs, je perdrais tout ce que j'ai d'autorité.

Cesser de l'aimer, ce serait la seule solution. Qu'est-ce qu'elle a d'aimable ?

La crampe que j'ai eue tantôt, la douleur à la poitrine, au ventre, c'était ça : je ne vois pas autre chose. L'amour.

Je l'attendais trop. Je l'ai sentie venir de loin. Elle m'est arrivée dans les bras avant le temps. Chaque fois que j'ai eu une vision, elle était là au milieu. Je ne vois pas autre chose.

Il faudrait que je cesse de la voir complètement.

Elle me dit ça chaque fois qu'elle me voit, elle : il faut cesser de nous voir. Elle dit que c'est effrayant, qu'elle aime son ennemi mortel. C'est comme dans l'évangile : tu es le pire ennemi des patriotes et moi, je t'aime. J'ai honte et en même temps, c'est comme dans l'évangile.

Adam Thom riait tout seul. Pris dans sa vision. Les membres du Doric Club étaient dehors. Ils l'attendaient. Ils étaient plus de cent ce soir-là : seulement les membres sûrs. Car il fallait prendre des décisions graves.

— Tu ris tout seul Adam Thom.

— Entrons.

— C'est toi qui as la clef.

— J'ai failli ne pas venir. J'ai eu une vision céleste.

— Un diable de ton espèce ?

— Allumons les chandelles.

— Les lampes. Ne soyons pas stupides. Il s'agit d'être intelligents. Les chandelles n'ajoutent rien au Club.

— Parle-nous donc de ta vision. Il court des bruits à ton sujet Thom.

Les deux grands blonds qui cherchent toujours à le discréditer. Les mêmes tout le temps. Toujours une fausse rumeur à faire circuler. Comme ça, pour rire, mais il me reste un chemin peu sûr sous les pieds.

— Il paraît que tu as une blonde française.

Il avait dit : Blonde française en français et Thom l'aurait tué. Ce grand Anglais qui se pense chez lui partout.

— Il paraît que tu fréquentes le quartier des patriotes ? Quelqu'un t'a vu te rouler avec elle dans un coin tranquille.

Adam Thom laisse rouler les rires. Les frères Bell jubilent. La crampe revient : à cause de l'expression : blonde française peut-être. Les rires comme fond à tout ce qui continue de se dire. Lâcher quelque chose de grave ou périr.

— Il paraît que des mandats d'arrestation vont être émis contre les chefs patriotes.

— Enfin.

Mais les frères Bell ne se réjouissent qu'à demi.

— Le gouverneur est content je suppose. Il est content de lui ? Quand ton ennemi se réjouit, demande-toi ce que tu as à rire.

— Qui a dit ça ?

— Moi.

L'heure est à la bière et au rire.

— On va peut-être avoir la guerre civile.

— Malheureusement non. À moins de la commencer nous-mêmes. Ils ne sont pas assez fous pour faire la révolution sans armes.

— Et s'ils arrivaient à s'en procurer aux États-Unis ?

Rien n'arrive à calmer les buveurs. Même ceux qui ne boivent pas sont gagnés par la bonne humeur.

— Moi, c'est Papineau que je voudrais voir pendu.

— Parle-nous de ta vision céleste, Adam Thom.

— J'ai vu tous les arbres du Mont-Royal décorés de patriotes.

La douleur l'a repris. Il fait le mort assis dans un coin de la salle.

— Il est déjà saoul. Noble démon. Ils ont Papineau, nous avons Adam Thom. Deux langues fourchues.

Les rires se sont calmés. Ils se racontent des histoires. C'est à qui serait le plus sinistre.

Adam Thom s'est mis à les voir de son coin tranquille. Il pense à Jeannette, il pense à sa mère qui elle n'avait rien de fragile, rien de vulnérable.

L'envie de s'exiler encore. S'en aller d'ici. Jusqu'où faudra-t-il aller ?

Ils en sont aux histoires de maisons hantées. Il a cru fuir un pays hanté en venant au Canada. Quelque temps, il a pu croire que ses fantômes ne le suivraient pas. Ils sont arrivés : ils sont là. Le Canada aussi est hanté. Les esprits frappeurs de coups sont arrivés.

Je vais continuer d'écrire des articles pleins de haine. Savoir qui on est, c'est important. Je suis du côté des forts, du côté des conquérants. C'est ici que je veux rester.

— Qu'est-ce que tu as à te tordre Thom ?

— C'est ton histoire. C'est à se tordre.

23

Ils se sont mis à le regarder. Tous ensemble à le regarder. Un silence total tout d'un coup.

— Quelle histoire, Thom?

— Ton histoire de fantômes.

— Tu ne suis pas Thom. Tu ferais mieux d'aller te coucher. Des jours glorieux nous attendent. Du moins on peut l'espérer. Si tu veux voir le Mont-Royal décoré de patriotes pendus à tous les arbres comme dans ta vision céleste, il faut que tu prennes soin de ta santé.

Ils s'en vont, le laissant là.

— Ferme bien la porte en sortant. Tu ferais mieux d'aller te coucher Thom.

Ils ont laissé une lampe allumée près de la porte. Ça sent la bière et la sueur. Ça sent le souffre.

Quand j'étais petit, je connaissais une sorcière. Elle n'avait rien de fragile, elle non plus. Une grande sorcière bien bâtie qui faisait semblant d'avoir des relations avec le diable.

Je voudrais savoir ce que Gosford et Papineau se sont dit quand ils ont dîné en tête à tête. Une sorte de jalousie. Adam Thom et Papineau: deux langues fourchues.

Il avait souri, malgré la douleur qui reprenait. On mangerait ensemble Papineau et moi. La haine aussi forte que l'amour. Les poètes ont raison.

Il s'endort et confond tout: Jeannette, Papineau, sa mère et l'Ecosse.

Il faut pourtant s'en aller. Il éteint la lampe et sort de la salle. La lune est plus grosse que d'habitude. Plus grosse que nature. Il marche lentement, la tête levée. Le froid comme une barrière et il le refuse. Il gémit.

Mes esprits mauvais sont arrivés d'outre-mer. C'est maintenant que j'en suis sûr. Ils sont là.

C'est contre moi que le mandat d'arrestation serait lancé. Je serais le chef incontesté des patriotes de ma patrie. La tête à Papineau, la tête à Thom: c'est pareil. J'aurais le don de parler, pas seulement celui d'écrire. Je serais l'Orateur incontesté. Contesté plutôt. Je serais l'Orateur hautement contesté.

Plié en deux, il rentra chez lui en gémissant encore.

3

ALLEZ-VOUS-EN PAPINEAU !

Les mandats d'arrestation ont été lancés contre les chefs patriotes. Ils s'en vont : c'est tout ce que veut le gouverneur Gosford. Il se réjouirait de n'avoir jamais à sévir vraiment.

Que les chefs s'en aillent, que les journaux réformistes cessent de paraître, c'est assez. Gosford ose sourire dans son miroir. Je ne demande pas un succès. Je sais que je n'aurai pas un succès en Canada. Personne n'aura de succès en Canada. Si l'échec pouvait ne pas être trop cuisant. Si je n'avais jamais à condamner Papineau et les siens : comme il les appelle. Allez-vous-en Papineau.

Un frisson sous les cheveux clairsemés.

Même la librairie Fabre est fermée. Papineau n'est pas le seul responsable. C'est à la librairie de la rue Saint-Vincent que tout fermentait. C'est là que Papineau se sentait éperdument admiré.

Gosford continuait de frissonner. Je vais rentrer en Angleterre après un demi-échec. Je me contenterais de ça. J'ai des frissons de mauvais augure. C'est un échec total que j'aurai, je le sens sous les cheveux.

C'est froid ici, c'est mal chauffé. S'ils prennent Papineau, j'en mourrai de froid. Le libraire s'est enfui avec son beau-frère Ovide Perreault. Ils sont loin du gouverneur. Ils n'ont pas une pensée pour lui.

Ils ont traversé le fleuve et se sont rendus à Saint-Denis. Nelson est là.

Ils n'en reviennent pas de le voir dans ses retranchements, prêt à tirer sur l'armée.

Fabre est malade. C'est peut-être de la lâcheté. Je ne suis pas fait pour les coups de main. Le curé de Contre-Coeur m'a offert une chambre derrière sa cuisine. En attendant de pouvoir fuir aux États-Unis. Je ne suis pas fait pour les jeux de mains. Le curé m'a dit que j'y serais en sécurité. Je me sens malade. Ce n'est pas de la lâcheté.

Il faut marcher jusqu'au presbytère par ce temps humide. Novembre ! Le curé m'a parlé du mois des morts : nous prierons ensemble. Moi, je n'ai pas répondu.

Je ne pouvais pas rester à Saint-Denis. Nelson n'avait aucun goût de nous voir. Moi surtout : aucun goût. C'est assez étrange. Il parlait de Papineau d'un drôle de ton. Qu'il s'en aille le plus loin possible. Moi aussi, je me sentais chassé. Le temps des discours est fini. Moi aussi, je me sentais visé, humilié.

— Vous, Fabre, vous ne faisiez pas de discours en Chambre. Vous vous contentiez de faire des discours en librairie.

Il riait entre les dents. On aurait dit qu'il était possédé. C'est le mot du curé de Contre-Coeur. Wolfred Nelson se conduit comme un possédé. Ceux qui ne sont pas prêts à tout quitter pour aller se battre à Saint-Denis sont des lâches et des traîtres. Il les appelle des Chouayens. Mais quand il s'agit de Papineau ou de moi, il ne pense qu'à nous dire de nous en aller.

— Venez Monsieur Fabre. Vous serez bien au presbytère. J'ai une petite chambre derrière la cuisine. La porte est au fond de l'armoire. Personne ne vous trouvera là. Emilie, vous verrez à ce que Monsieur Fabre ne manque de rien. C'est un ami. Vous me comprenez bien ?

Il n'y a pas de fenêtre, mais l'air entre de partout. Les couvertures de laine du pays sont empilées sur le matelas.

— Vous resterez aussi longtemps qu'il faudra Monsieur Fabre. Je suis contre la révolution mais ce n'est pas moi qui vais approuver l'arrestation de nos meilleurs hommes. Même Monsieur Papineau est un de nos meilleurs. Même si c'est un homme qui ne plie pas. Papineau, c'est comme le chêne : Dieu le protège. Si vous saviez tout ce que j'entends en confession, Monsieur Fabre. Il est plus tard qu'on pense. Vous vous sentez malade ? Si je peux trouver un médecin, je vais vous l'amener. Ne craignez rien. Personne ne vous dénoncera. Pas ici. Pas à Contre-Coeur.

— Ce n'est pas le corps qui est malade.

Jusqu'au cou dans la laine d'habitant, le bien-être me vient comme une grâce et toute mon enfance me vient aussi. Je priais avant de m'endormir. Ensuite, j'ai perdu la foi si totalement que je n'y pensais même plus. Je n'étais même pas anticlérical. Les autres étaient tous plus ou moins contre le règne du clergé. Papineau était loin d'être le plus acharné. Il en parlait le moins possible. Son cousin, Monseigneur Lartigue était anti-Papineau d'une façon beaucoup plus véhémente.

Je n'ai pas voulu ce qui arrive. Qui a voulu ce qui arrive ? On achève peut-être toujours ce qu'on n'a pas voulu.

— Fabre ! Comment vous sentez-vous ? Fabre, dites-nous quelque chose. Etes-vous fiévreux ?

— Papineau ! C'est vous.

— C'est O'Callaghan aussi. Je vais allumer la lampe.

— Vous avez vu Nelson ?

— Oui. Il nous a suppliés de partir.

— Où ça ? Partir où ?

— Loin. De l'autre côté de la frontière.

Papineau ne disait plus rien. Une couverture de grosse laine sur les épaules, il avait l'air d'un revenant. O'Callaghan a toujours eu l'air d'un grand efflanqué. Aujourd'hui, c'est pire. Il a encore maigri.

— Papineau, dites-moi quelque chose : nous ne pouvons pas avoir voulu ça. Qui a voulu ça ? Nous voulions tout régler par des moyens constitutionnels. Qu'est-ce qui est arrivé ? Je ne veux pas croire que nous en soyons là. Qu'est-ce qu'on peut faire Papineau ? Dites-nous quelque chose. Moi, je suis à court d'idées comme si on m'avait déjà coupé la tête.

Le jour entrait par les fentes. Le vent s'élevait : on aurait dit de la musique d'orgue.

— C'est sinistre ici. Venez avec nous, Fabre.

— Je ne tiendrais pas une heure et mon cheval non plus. Je déplace de l'eau quand je me baigne, vous le savez.

Il aurait fallu rire un peu. Ils n'en ont pas envie.

— Pourquoi vous taisez-vous tant? Mon pauvre cher Papineau. Qui vous a réduit à ça? À fuir à travers bois. Qui vous force à fuir?

— Gosford m'avait averti. Il me l'avait dit que des mandats d'arrestation allaient être lancés. Il ne pouvait plus faire autrement paraît-il. Il en faisait une affaire de fidélité à la couronne.

— C'est le parti des malfaisants qui l'a forcé.

— Il fallait faire quelque chose. C'est ce qu'ils ont trouvé de mieux. Ils nous ont donné le temps de fuir, avez-vous remarqué?

— Si on restait?

O'Callaghan suivra Papineau partout. Même en exil. Même au combat. Mais il est comme Fabre: il supporte mal de voir son grand homme fuir contre sa volonté.

— Si on restait Papineau? Retournons à Saint-Denis rejoindre Nelson.

— Attendons la brunante pour faire quoi que ce soit.

— Viendrez-vous avec nous Fabre?

— Nelson m'a dit en toutes lettres que je nuirais. Il l'a dit en riant un peu, mais il l'a dit fermement. Il a changé Nelson, vous ne trouvez pas? Il n'a jamais fait vraiment partie des intellectuels, mais il marquait une certaine attention aux choses de l'esprit. On dirait qu'il est fou de joie à l'idée de se battre contre l'armée. Ils n'ont presque pas d'armes pourtant. Ce n'est pourtant pas réjouissant. Qu'est-ce qu'il vous a dit au juste à vous Papineau? Il ne vous a certainement pas dit que vous seriez une nuisance. Pas à vous.

— En un sens, c'est ce qu'il m'a dit à moi aussi.

— Je ne peux pas vous croire. Pas à vous.

— Il vaut mieux dormir un peu. Prenez une couverture O'Callaghan. C'est humide ici. Vous serez plus à l'aise.

Papineau a décidé de dormir: il dort. Nelson partout dans son rêve.

C'est Julie sa femme qui lui pose la question : Pourquoi es-tu parti de Saint-Denis, Louis ?

Tu es arrivé là quand déjà Nelson avait pris toute la place. Il t'avait volé la vedette et il était fier. Depuis le temps qu'il était jaloux de toi et de la fascination que tu exerçais. À Saint-Denis, c'est lui le chef incontesté : à condition que tu t'en ailles.

Si tu restes, tu le gêneras dans ses mouvements. Tu le gênerais dans son orgueil. Dans sa gloire future. Il faut que tu t'en ailles, Papineau. C'est lui qui te dit de partir. Souviens-toi bien de ça : il te couvre de son ordre de partir. Il jette sur toi le manteau de la lâcheté et il le sait. C'est moi qui vous en donne l'ordre, Papineau. Au fond, je ne fais que vous enlever l'odieux de prendre vous-même une pareille décision. Vous faites semblant de vouloir rester ? Vous ne désirez qu'une chose : sauver votre précieuse vie pour de meilleurs moments. Pour de meilleurs discours. Je vous aide, Papineau : vous êtes sauf. Puisque c'est moi qui vous dit de partir. Plus tard, je le dirai à la face du monde : Papineau n'avait qu'une envie, sauver sa précieuse vie. Moi, Wolfred Nelson, je vous adjure de partir. Je fais semblant de vous adjurer de le faire.

Toi Papineau, fait-tu semblant de te récrier que tu ne veux pas laisser tes amis à l'heure du danger ?

Si tu restes à Saint-Denis, tu mourras à Saint-Denis. Une grande paix sur la terre humide, gelée déjà. Pourtant la paix ne dure pas : rien n'est sauvé. Tu n'as sauvé personne en mourant. Ta mort ne donne rien à personne.

On dirait que tout est pire et que le pays n'a jamais été plus perdu, plus abandonné depuis que tu es mort.

Si tu restais Papineau, tu pourrais me voler la vedette. Avec sa belle gueule, il est capable de se remettre à parler. Il faut que je lui offre le beau rôle : qu'il soit tenté. Un rôle ambigu : oui ou non, s'est-il sauvé de Saint-Denis ? En face du danger ?

Toute l'autorité pour moi : allez-vous-en Papineau. Devant le monde, je l'ai toujours vouvoyé. En mon for intérieur, je l'ai toujours tutoyé.

Le temps des discours est fini. Je n'ai jamais su si je l'aimais ou si je le haïssais. Orateur ! Grand parleur, petit faiseur. S'il reste, il va encore récolter une gloire imméritée. On dira : il a tenu parole. Moi, je sais qu'il a voulu reculer. Au Conseil de guerre, il en était blanc : il voulait reculer.

Je me demande s'il s'est jamais rendu compte de la force de ses paroles. Il nous armait peut-être sans s'en douter. Taisez-vous Papineau. On se conduit comme si on était armés jusqu'aux dents. Des mots jusqu'à la gueule.

Qu'est-ce qu'on dira de vous Papineau ? On dira que c'est moi qui ai jeté les dés de fer, moi, Wolfred Nelson et personne d'autre.

Tu ne sauras jamais à quel point je t'ai envié, Papineau. Jaloux de toi à en crever. Tu montais les foules, rien qu'en parlant. Ce n'est pas donné à tout le monde. Ce don-là n'est pas pour les sages.

L'art de forcer de voiles comme disent les marins. Le français n'est pas ma langue mais je connais des expressions comme celle-là. Je les collectionne depuis que je te connais. L'art de naviguer en parlant, l'art de prendre tout le sens qu'on peut. Toutes les images possibles.

C'est assez comme ça Papineau. Allez-vous-en. Débarque Papineau.

Je serai là plus tard pour dire au monde entier que c'est moi qui t'ai dit de partir. Je le dirai d'une certaine façon. Je me donnerai l'air de vouloir t'absoudre à tout prix. L'air de vouloir te redonner ton honneur intact.

L'histoire retiendra que c'est Wolfred Nelson qui s'est battu à Saint-Denis. Le chef incontesté, c'est moi. L'histoire saura que toi, tu t'enfuyais aux États-Unis. On oubliera que c'est moi qui t'aurai dit de partir. Ou bien on se dira que j'ai couvert l'ignominie de ta conduite, que j'ai pris sur moi ta fuite, ta lâcheté, ton hypocrisie.

Si je n'avais pas dit : allez-vous-en Papineau! tu serais resté. Je le sais. Pas par conviction : tu n'y as jamais cru à la révolte armée. Tu te serais fait tuer par devoir et on aurait cru à ta bravoure.

Si tu l'avais vraiment dit au Conseil de guerre que tu étais contre ! Si je te l'avais laissé dire. Comme toi seul pouvait le dire : Saint-Denis n'aurait pas lieu. La puissance de ta parole, Papineau ! Tu ne t'es jamais rendu compte de ta puissance. Tu nous aurais tous désarmés si tu avais voulu. Il aurait fallu parler, continuer à parler : renverser le mouvement.

Tu aurais pu inventer les mots d'un autre avenir, si tu avais voulu. Au Conseil de guerre, c'est moi qui t'ai coupé la parole. Mais je m'attendais à ce que tu protestes. Je ne m'attendais pas à ce que tu te laisses faire. Tu aurais dit : non! il n'est pas temps de fondre des cuillers Nelson. Tu l'aurais dit, j'aurais renoncé.

Qu'est-ce qui t'est arrivé ? Ce jour-là Papineau, il t'est arrivé quelque chose. J'en pleurais, même si j'étais content. Tu as comme perdu la parole. À peine si tu as continué de dire que tu étais contre : en bégayant presque. Ta voix était méconnaissable et sans vertu. Presque sans images. Tu avais la voix qui faseye d'un capitaine désemparé.

Je me sentais pleurer, même si je l'emportais. J'étais content de l'emporter, mais en même temps, je te disais de nous sauver de cette folie que nous sentions tous venir. Une vague, une marée inhabituelle.

Tu as peut-être vu tout d'un coup ce que tu avais réussi sans trop le vouloir : une foule déchaînée. Je t'ai vu renoncer, abandonner. L'écoute a cassé et tous les cordages.

J'exige que vous vous éloigniez, Papineau. Moi, j'ai osé dire : j'exige et tu n'as pas contesté l'autorité que je m'arrogeais. Ce n'était pas à moi de te donner un ordre pareil et tu le savais. Je n'avais rien à te commander et tu le sais Papineau.

J'ai mis de la tendresse dans ma voix : que mon manque d'autorité ne transparaisse pas. Que la tendresse tienne lieu de tout le reste.

Que tu te méprennes toi, sur mon autorité, que seule ma tendresse te soit évidente. Et le soin que je prenais de ta précieuse vie. Tu n'as pas protesté quand je t'ai dit que ta vie était précieuse : tu l'avais toujours su.

Nous aurons besoin de vous plus tard, Papineau. Les autres ont compris et c'est bien ce que je voulais. Le chef incontesté à partir de ce moment-là, c'était moi, Wolfred Nelson.

Ton départ a déconcerté tout le monde. C'était bien moi le

chef des patriotes. Mais ils étaient comme attristés par ton départ. Ils me regardaient sans me voir. Comme s'ils s'étaient sentis pleurer à l'intérieur.

Il a fallu les exciter et je me sentais faible moi aussi. En te disant de partir, j'ai pris le risque de les désarmer complètement.

Il a fallu refaire ce que ton départ avait défait. Tout le monde l'a su en même temps. Ils l'ont senti que tu t'en allais.

S'il ne part pas, je ne pourrai pas agir à mon goût. J'aurai tendance à le protéger. Comprenez-vous ? Mieux vaut nous battre sans lui.

Lui parti, j'aurai pleine liberté de mouvement. Au fond, Papineau, c'est une nuisance publique. Je t'innocentais tant que je pouvais : ils l'ont senti, que je faisais mon possible. Je t'absolvais, je te disculpais. Tout en sachant très bien qu'à chaque mot que je disais, je te rendais un peu plus odieux. Juste assez pour me servir de repoussoir : moi, Wolfred Nelson, je ne partais pas, je ne sauvais pas ma précieuse vie.

Tu seras plus utile ailleurs Papineau. Nelson te l'a dit et tu cherches la frontière américaine désespérément. Perdu dans les bois glacés, tu avances à peine. Ton cheval est blessé. Comme entravé. Le coeur te bat dans la gorge. Les cordes vocales vibrent : on dirait de l'orgue. La gorge te fait mal comme si les cordes allaient casser. Pourquoi as-tu douté, Papineau ? Au Conseil de guerre, tu pouvais encore commander au vent et à la foule déchaînée. Le doute t'a coupé la parole.

L'envie d'être resté à Saint-Denis et de ne plus jamais être utile.

Nelson te dit encore que plus tard le pays aura besoin de toi. Tu l'entends de loin, de très loin. Réserve-toi pour de futurs discours. La honte au fond des bois. L'humidité et le froid de la honte d'avoir à réserver sa vie pour des besoins futurs.

Le temps des longs discours reviendra. C'est le temps des actes et tu ne pourrais que nuire : on gagnera sans toi. Ce n'est sûrement pas toi qui fera pencher la balance. Avec le temps, tu es devenu orateur. Comme si tu ne savais plus que parler.

Tu cherches toujours la frontière américaine. Il fait très

noir. O'Callaghan près de toi. Ce n'est sûrement pas toi qui nous empêchera de perdre la bataille si elle doit être perdue.

C'est maintenant que tu entends Nelson te dire des choses éhontées.

Tu es à la tête d'une grande assemblée. La foule te porte, t'acclame. Ils veulent te couronner roi.

Tu te retrouves seul et tu te sens pleurer. La foule s'acclame elle-même. Comme d'habitude. Quelqu'un d'autre avant moi a ressenti la même chose. Je cherche qui, mais il fait trop noir pour voir la frontière.

Papineau ne reconnaît plus rien. Le paysage retourné. Il n'aurait pas fallu douter Papineau. Il n'aurait pas fallu douter de la force de ta parole.

4

ILS NOUS ONT ENVOYÉS POUR SAVOIR LA VÉRITÉ

Il fait encore clair. Fabre et O'Callaghan causent à voix basse. Papineau relit pour la troisième fois une lettre de Julie qu'Ovide Perreault vient de lui apporter. De mains en mains, la lettre lui est parvenue : à peine froissée. Une lettre adressée à Papineau émouvait tous ceux qui la portaient.

« Je ne sais où ma lettre te trouvera et si elle te trouvera jamais. Tu as certainement appris mon arrivée chez mon frère le curé de Verchères. Comme toujours, il nous a reçus avec générosité et tu ne dois pas t'inquiéter de nous. Je remercie la Providence de m'avoir dotée d'un caractère assez énergique et réfléchi pour ne pas succomber et manquer de force dans ces moments d'épreuve.

Monseigneur Bourget, l'évêque coadjuteur de Montréal est venu me voir en grand secret hier. Mon frère en a été grandement surpris. Il portait un manteau d'étoffe du pays et paraissait ainsi beaucoup plus fragile et humble.

Je ne me souvenais pas lui avoir jamais vu les yeux si pâles. C'est un homme d'une grande bonté mais il ne comprend pas grand chose à la politique.

Moi, je suis fermement attachée à la religion, tu le sais, mais je supporte bien mal qu'on puisse, comme il l'a fait, te mettre la guerre civile sur le dos.

Il dit compatir à nos souffrances et je suis sûre qu'il est sincère. Pourquoi faut-il qu'il nous gâte sa compassion en ajoutant qu'il fallait de grands maux pour expier de grands crimes.

Il dit que les patriotes sont de pauvres hommes trompés. Toi, tu les as trompés et ils continuent d'être trompés même après ton départ. Ils croient à de grandes victoires qui auraient eu lieu sur la rive sud. Tu serais à la source de ces fausses rumeurs.

Il a la lèvre supérieure plus longue encore qu'avant et je t'assure que je me suis retenue tant que j'ai pu d'être impolie envers un évêque. Cette lèvre longue lui donnait un air dédaigneux que je supportais mal. L'indignation me faisait trembler.

« Madame Papineau, il est peut-être encore temps de sauver la patrie. C'est à votre mari de réparer les torts qu'il a eus. Qu'il détrompe les pauvres patriotes aveuglés, assourdis. »

Moi, je ne répondais pas. J'attendais de m'être un peu calmée. Je ne pouvais encore croire qu'il avait fait tout ce chemin dans cet accoutrement pour venir me dire ces choses insensées.

« Croyez bien, Monseigneur, que les torts, c'est l'autre parti qui les a. Ce n'est pas en flattant le gouverneur, en vous servant de lui pour faire avancer vos propres affaires que vous avez arrangé les choses. »

« Nous devons d'abord nous occuper des âmes. »

« Habituez les âmes à l'esclavage et elles ne sauront plus pourquoi elles doivent préférer un maître plutôt que l'autre. Votre autorité n'aura plus sur qui s'exercer. »

« Vous le savez, pourtant, que votre mari a monté le peuple contre le gouvernement. Ils l'auraient suivi jusqu'en enfer. Pas tous heureusement. Où est votre mari, Madame Papineau ? Si je pouvais lui parler, je le convaincrais. Il est peut-être trop tard. J'ai su qu'à Saint-Denis, Wolfred Nelson s'apprêtait à tirer sur les troupes du gouvernement. Vous ne voyez pas que Monsieur Papineau a attiré le malheur sur la patrie ? On ne peut pas désirer la violence. »

J'avais un de ces maux de ventre qui me tiennent souvent

au lit, ces temps-ci. La nausée me venait et le besoin de lui crier mon indignation.

Tu sais que j'aime la religion. Si quelqu'un le sait, c'est bien toi. Pourquoi venait-il me dire de pareils mensonges ?

Il est reparti encore plus vulnérable et fragile qu'en venant. J'en suis encore à me demander ce qu'il est venu faire ici. C'est toi qu'il voulait toucher, ça, c'est une certitude que j'ai. Il devait savoir que je réussirais à t'écrire, à te faire passer une lettre. Il m'est venu une idée que je devrais taire : il voulait te faire saisir, te livrer. Je ne veux pas y croire. Il se disait peut-être qu'il valait mieux qu'un seul meure et que les autres soient sauvés. Et celui qui doit mourir, c'est toi. C'est une idée qui me vient de ma douleur au ventre. N'en tiens pas compte. Si c'était à refaire, je ne l'écrirais pas. Tu ne voudrais pas que je rature. Je n'ai pas le temps de recommencer toute la page. Je n'y crois pas : c'est une mauvaise pensée.

Toi, Louis, tu n'as jamais été dévot, tout le monde le sait. À tes heures, tu étais franchement anticlérical. Tu ne le nieras pas non plus. Mais jamais, au grand jamais je n'ai senti, venant de toi, le moindre mouvement négatif quand il s'agissait de ma foi ou de celle des enfants.

Il m'est arrivé de me dire que si j'étais Dieu, c'est toi que j'aimerais le mieux de toute la famille. De tout le pays. Il t'a comblé de ce don d'éloquence qui a fait ta vie et ta réputation. Lui qui est le Verbe incarné, comment pourrait-il ne pas savoir que tu ne recherchais que la justice pour tes compatriotes et leurs enfants.

Toujours tu avais une pensée pour l'avenir. Il fallait laisser à nos enfants un pays où ils pourraient vivre comme des hommes libres.

Ici, à Verchères, nous n'avons que des rumeurs de ce qui se passe. Le contrecoup des mauvaises nouvelles est parfois plus violent que la chose elle-même. Et les bonnes nouvelles sont rares.

Nous sommes à l'abri, mais toi, où es-tu ?

Je prie le Verbe incarné de protéger son Orateur. Comme Lui, j'ai bien peur que tu n'aies à porter le poids des péchés du monde. » — Julie.

Papineau repliait la lettre, la remettait dans l'enveloppe.

— C'est une lettre de Julie. Elle est en sécurité pour le moment.

— Si on retournait à Saint-Denis Papineau.

O'Callaghan a senti l'affront sous les paroles de Nelson. Il supporte mal de voir Papineau irrésolu, obnubilé. Presque muet.

— Non. Il vaut mieux aller aux États-Unis. La seule vue de Papineau les rend fous. Si la bataille était perdue, j'attirerais des représailles disproportionnées sur le village.

Fabre est ému. On dirait la fin d'un mythe. L'orateur qui se tait. Qui se terre. Comme s'il n'y aurait plus jamais rien à dire.

Fabre n'a jamais tant regretté d'être obèse. J'avais l'air d'un bon vivant : aujourd'hui, je me fais l'effet d'un encombrement.

O'Callaghan voudrait remettre Papineau à l'endroit. Comme s'il avait été victime d'un grand renversement. D'un retournement.

Ils partent quand il fait déjà noir. Le guide les attend près du bois. Sa nervosité n'inspire pas confiance. Il connait la route pour la frontière. C'est ce qu'il dit, mais déjà il se demande si ses souvenirs sont bons.

L'un derrière l'autre. Papineau et O'Callaghan se méfient. De temps en temps, le guide sort un petit flacon de sa poche et se rassure sur la route qu'il propose à ses clients.

Je la sais la route. En plein jour, je pense que je la reconnaîtrais plus facilement. À la noirceur comme ça, tous les arbres se ressemblent. Quant à se fier sur la lune, autant se fier sur une girouette. Encore heureux qu'il y ait la lune. Mais les étoiles sont toutes effacées. Presque toutes effacées. J'avais l'habitude de reconnaître l'étoile polaire. Elle doit être effacée, elle aussi. Probablement. Ça me prendrait une clairière pour être sûr. Il y avait une clairière d'habitude. Tout près d'ici.

O'Callaghan s'est approché de Papineau. Le sentier est plus large. Il sent le besoin de toucher son ami. Que Papineau soit bien sûr de l'amitié d'O'Callaghan.

Fabre ne m'a pas caché son inquiétude. Qu'est-ce qu'on peut faire pour sauver l'Orateur ? Il est accusé de haute trahison, comme si c'était seulement possible qu'un homme comme lui soit un traître. Les malfaisants ont voulu ce qui nous arrive. Ils ont tout planifié. Moi, quand je les ai entendus parler d'acte ouvert de trahison à propos de la plantation d'un arbre de la liberté, j'ai su que le mouvement était irréversible. Lui aussi a senti le danger. Il a des amis plus reluisants que moi : il n'en a pas de plus près de lui. Jusqu'à savoir ce qu'il pense.

Ils étaient arrivés à une clairière et le guide sortit encore son petit flacon pour fêter ça.

— On est assez loin du danger ici. Il y a une cabane, juste au sud du brûlé. On devrait se reposer. Si on ne fait pas manger les chevaux, ils vont nous lâcher.

Papineau a senti le piège, O'Callaghan aussi. Il était trop tard. Ils étaient au moins six hommes à se lancer sur eux. À saisir les chevaux.

Trois heures du matin, une cabane isolée, des chevaux qui fument dans l'air glacé.

— Descendez, Monsieur Papineau. Vous aussi Monsieur O'Callaghan. Venez dans la cabane.

— Qu'est-ce que vous voulez ?

— Vous faire un procès.

— Non. Je n'entrerai pas dans votre cabane. Vous n'avez pas de droits sur moi. Nous sommes tous dans le même bateau. Vous savez très bien que je suis avec vous, pas contre vous.

— Descendez, Monsieur Papineau. Les bruits courent que vous nous avez trahis. Venez vous défendre.

— Je ne descendrai pas. J'ai l'intention de continuer ma route.

— Vous nous abandonnez ? Vous vous sauvez ?

— D'où venez-vous au juste ?

— De Saint-Denis. Les patriotes nous ont envoyés pour savoir la vérité.

— La vérité, c'est que le gouvernement a conspiré pour nous écraser, pour commencer la guerre civile contre le peuple.

— Descendez. Venez nous dire ça dans la cabane.

— Je ne descendrai pas. Vous faites le jeu des ennemis de la patrie. Vous ne vous rendez pas compte.

— Ils sont venus nous proposer un marché : si on vous livre à eux, il n'y aura pas de représailles. On retourne chacun chez nous.

— Vous ne savez pas à qui vous avez affaire.

Papineau ne les a pas vus venir derrière lui. Ils l'ont pris sous les bras et l'amènent à la cabane. O'Callaghan suit. Le guide continue de se donner du courage à petites gorgées.

Je me sentirais coupable si je ne buvais pas. Ça me prend dans le bas du ventre comme une mauvaise pensée. Une gorgée de fort et la pensée fond. Si ma mère me voyait, elle aurait honte de moi. On ne sait pas toujours pourquoi on accepte un marché : amenez-nous Papineau à la cabane au sud du brûlé : trente piastres c'est bien payé. Rien que ça : l'amener. Ils m'ont juré qu'ils ne le livreraient pas aux soldats. Ça, je n'aurais jamais accepté. Je refuse 4000 piastres du gouvernement : je sais compter. Je me suis dit qu'ils voulaient lui parler : rien que lui parler. On fait semblant de ne pas comprendre ce qui va se passer. Ils vont le juger : pourvu qu'il soit innocent.

Ma mère aime tellement Papineau que mon père lui faisait régulièrement des scènes de jalousie.

« Voyons donc, Napoléon. Papineau, c'est pas un homme comme les autres. Tu l'aimes autant que moi, d'ailleurs. Quand on est revenus de l'Assemblée des six comtés tu étais fou comme le balai : tu m'embrassais, tu me montais en l'air. On aurait dit que c'était Papineau que tu prenais dans tes bras. Je l'ai pensé, Napoléon. Quand il parlait à l'Assemblée, je te regardais : tu avais les dents sorties comme pour rire. Tu m'avais dit : viens à l'Assemblée Marie-Louise, viens voir Papineau. Toutes les femmes devraient venir. »

« Toi aussi tu avais la bouche ouverte. C'est là que j'ai commencé à être jaloux. »

Quand ma mère a su que la tête de Papineau était mise à prix, elle a prié les bras en croix au milieu de la cuisine. Elle priait tout haut. Moi, je la regardais et j'avais deux larmes qui me coulaient sur les joues : je m'en suis rendu compte quand elle a gémi en priant :

« Quatre mille piastres, mon doux Jésus. C'est tentant pour le pauvre monde. Faites qu'ils résistent à la tentation de livrer Papineau à l'injustice. »

Mon père est arrivé à ce moment-là. Il s'en allait à Saint-Denis rejoindre les autres patriotes.

« Vous allez vraiment vous battre contre une vraie armée ? Avez-vous des fusils ? Vous allez vous faire massacrer. »

« On n'a pas le choix. C'est agressions par-dessus agressions. C'est charivaris par-dessus charivaris. Ceux qui vont devant les tribunaux pour avoir justice sont persécutés comme des criminels, même s'ils sont innocents. On dirait que les malfaisants ont réussi ce qu'ils voulaient réussir. »

« Vous n'avez aucune chance contre une vraie armée : une armée armée. »

« On ne sait jamais. Dieu nous viendra en aide. Tu n'as pas la foi Marie-Louise ? »

« J'ai la foi, mais les évêques nous ont dit de ne pas écouter les patriotes, les chefs patriotes. Comme si Papineau c'était le diable en personne. Si c'est le diable, il parle bien. Avant de partir, Napoléon, mets-toi à genoux avec moi devant le crucifix. Pour ne pas nous tromper. Penses-tu que les chefs de l'Église peuvent se tromper ? Penses-tu qu'ils peuvent avoir vraiment tort ? Le Saint-Esprit doit pourtant les éclairer plus que les autres. »

Mon père a prié les yeux plissés. Je l'avais jamais vu prier aussi fort.

« Pars-tu toujours pour Saint-Denis ? T'en vas-tu toujours rejoindre les patriotes ? As-tu senti la lumière du Saint-Esprit ? »

« Rien. J'ai rien senti. Pourtant, j'ai prié comme jamais j'avais prié. Rien. Ça fait curieux de s'attendre à une réponse du ciel et de se mettre à comprendre qu'on est tout seul, tout d'un coup. »

« Non non. On n'est pas tout seuls. Jamais j'admettrai ça. C'est une épreuve, une nuit obscure. Dieu est là. C'est pas parce que tu l'entends pas qu'on est tout seuls. C'est une épreuve. »

« Il faut que je décide par moi-même. »

« Oui. Mais moi, je dis que les patriotes vont perdre. Contre une armée bien équipée, habituée à se battre en Europe contre Napoléon... Ça te faire rire ? »

« J'aimerais ça le connaître mieux, l'autre Napoléon. Si je savais lire, je pourrais me trouver des livres quand je vais à Montréal. »

« Il serait trop tard pour ça. Monsieur Fabre de la librairie est au presbytère de Contre-Coeur. Emilie me l'a dit. Tout le monde le sait. Il cherche le moyen de s'en aller aux États-Unis. Il est tellement gros : il ne serait pas tellement utile ici. Surtout qu'il y a un mandat d'arrestation contre lui. Emilie dit qu'il est malade en plus. »

« Moi je me sens bien Marie-Louise. Depuis que ma décision est prise, je me sens bien. Je m'en vais rejoindre les patriotes à Saint-Denis. »

« Il faut que ce soit une épreuve, une nuit obscure. Dieu n'est pas supposé refuser sa grâce à ceux qui la demandent avec confiance. »

« Au fond, je pense que j'aime autant qu'il me laisse décider par moi-même. »

Ma mère n'a pas pleuré. Elle n'a rien fait pour le retenir.

« Comprends-tu, ça m'aurait mis dans l'embarras s'Il m'avait éclairé pour me dire de rester ici les bras croisés pendant que les autres se battent. »

« Moi, ce qui m'embête, c'est que les curés et les évêques ont reçu une réponse défavorable du Saint-Esprit. Et si Papineau était un grand démon, un beau démon qui parle bien ? S'il nous avait trompés ? »

Ça, ça l'a fait pleurer : que Papineau ait pu nous tromper, nous mentir. Elle pleurait aussi parce que Dieu ne disait pas ce qu'il aurait fallu dire. Parce que Dieu parlait aux curés et aux évêques et pas à Napoléon. Il faudrait peut-être obéir sans se poser de questions. Elle l'a dit à mon père.

« Ma décision est prise, Marie-Louise. Les curés ne s'occupent pas de politique. Ils ne connaissent pas ça. Papineau ne peut pas nous avoir menti. C'est lui qui a raison. »

« Moi, je me souviens que Papineau ne voulait pas de guerre civile. Je m'en souviens. Il ne voulait pas qu'on prenne les armes. »

« Les armes sont prises. C'est le gouvernement qui attaque. Pas les patriotes. On est en défense dans notre propre pays. »

5

ÊTES-VOUS COUPABLE MONSIEUR PAPINEAU ?

Le guide a fini par entrer. Une gelée blanche sur le brûlé. Plus une seule goutte dans sa bouteille. C'est à donner la panique. Vivre sans boire, c'est comme se faire couper un membre à froid. Quand je regarde le brûlé blanchir comme ça, ça me donne mal dans le dos : comme un pressentiment. C'est beau pourtant : une calamité douce, blanche et froide.

Si je n'entre pas, je vais me mettre à voir bouger les arbres noirs sous le frimas et la lune.

Ils ont assis Papineau entre les deux lampes et le guide se serait agenouillé s'il avait osé. Priez pour nous, pardonnez-nous nos trahisons. Il ne me regarde pas. Il ne regarde personne en particulier et pourtant, on se sent regardé.

— Monsieur Papineau, on est ici pour vous juger.

— Dépêchez-vous.

— Vous voulez passer la frontière, c'est ça ? Vous voulez mettre votre précieuse vie à l'abri ?

— L'épreuve va passer. Le pays aura besoin de moi. J'ai servi à l'Assemblée plus longtemps que personne. J'ai donné ma vie pour le bien général.

— Comment expliquez-vous qu'on soit rendus où on est rendus ? Si vous n'aviez pas été là, pensez-vous que ça aurait pu être pire ?

Papineau s'est vanté à plusieurs reprises de n'avoir jamais eu peur de rien ni de personne. Il n'a pas peur de ces six hommes en face de lui.

— Parlez Monsieur Papineau. Parlez-nous donc. Dites-nous donc quelque chose.

— Qu'est-ce que tu veux que je te dise, Thibeault ?

— Défendez-vous Monsieur Papineau. C'est un procès qu'on vous fait. Un vrai procès.

— Vous voulez ma tête ? Vous n'êtes pas les seuls. Tous les partis veulent ma tête.

— Vous ne pouvez quand même pas avoir trahi tout le monde.

Denis Beauchamp aurait voulu s'en aller. Qu'est-ce qui nous prend de faire un procès à Papineau ? On ne sait pas parler. Trois sur six ont mal à la gorge, les autres cherchent leurs mots. Comme s'ils les avaient perdus en chemin. Ils m'ont choisi moi, parce que mon père est mort à cause de Papineau. Les journaux n'en ont pas parlé. Quelqu'un a réussi à étouffer l'affaire : je ne sais pas qui au juste.

Mon père a entendu des soldats qui disaient : maudit Papineau ! Il s'est cru obligé de défendre son grand homme avec ses poings. Contre des fusils, ce n'est pas puissant. Il a reçu une balle en plein coeur. C'est une vieille femme qui m'a dit ce qui s'était passé.

À Saint-Denis, ils m'ont poussé : vas-y Beauchamp ! Si quelqu'un a des comptes à demander à Papineau, c'est bien toi. Ils raisonnent avec leurs pieds.

« Papineau n'y est pour rien. Mon père a fait ce qu'il avait envie de faire. De lui-même. »

« Papineau a réussi à se faire aimer d'une façon im-modérée. »

Il cherchait ses mots, celui-là aussi. C'est peut-être vrai qu'on avait besoin de quelqu'un à aimer immodérément.

Papineau avait vu Beauchamp sourire et c'est le sourire de Gosford qui s'est superposé. J'ai toujours été sensible à la beauté. La beauté des yeux, la beauté d'un sourire. Il a des fossettes lui aussi. Qui m'a donné de pareils juges ? Ils

46

voudraient que je me défende tellement bien qu'ils n'auraient plus qu'à continuer de m'aimer. Ils voudraient comprendre ce qui nous arrive. Ce n'est pas ça qu'on a voulu. Personne.

Moi, je n'ai jamais été l'homme des compromis. Je sais que je n'aurais pas cédé sur les principes. Mais je sais aussi que je serais resté fidèle à la couronne britannique. Pour le moment. Si j'avais réussi à convaincre Gosford de ça : donnez-nous tout ce que nous demandons, simplement. Ce serait tellement plus intelligent de votre part. Les quatre-vingt-douze résolutions acceptées, on aurait pu être la colonie la plus prospère et la plus fidèle du monde. On ne voulait pas la suprématie, on voulait l'égalité, l'équité. Pourquoi a-t-il fallu que ce soit toujours une utopie ?

Ils ne parlent plus personne. Thibeault est le juge en chef. C'est ce que Papineau en a déduit.

O'Callaghan voudrait s'en aller. repartir, passer la frontière au plus vite. Qu'est-ce que je pourrais leur dire ? Ils peuvent venir, les autres, les soldats. Nos chevaux à côté sont voyants. Les soldats vont nous prendre, nous conduire au cachot. Ils vont faire du mal à Papineau. Comment peuvent-ils le haïr à ce point-là ? Tout ce qu'il a fait c'est parler. Il nous a défendus contre l'injustice, la tyrannie, la méchanceté.

— Monsieur Papineau, êtes-vous coupable ?

Thibeault n'ajoute rien. Pour être coupable, il est coupable. C'est impossible autrement.

Parle Papineau. Dis-leur quelque chose. C'est tout ce qu'ils te demandent. Ils ont froid. La cabane n'est pas chauffée et les hommes fument autant que les chevaux.

— Vous savez qu'une injuste domination nous a accablés tant qu'elle a pu. En nous élisant à L'Assemblée, vous nous avez donné la parole. Notre opposition au gouvernement était sincère, vertueuse et intelligente. Mais il y a dans le monde des moments marqués pour l'insupportable succès du vice et la destruction des plus vertueux citoyens. Leur sang répandu est sang de martyrs, de confesseurs qui ont voulu faire triompher les principes. Je veux vous dire des mots brûlants : que vous compreniez que je ne mérite pas votre mépris. Je ne mérite le mépris de personne.

Beauchamp et Crépeau se sont regardés. La belle voix s'est rompue. Ils sont pris de pitié pour l'Orateur superbe qui montait et déchaînait les foules à volonté.

— Êtes-vous coupable Monsieur Papineau ? Ce n'est pas pour rien qu'on vous fait un procès.

— Qui me fait un procès ? Les patriotes ? Êtes-vous des patriotes ?

— Oui.

— Je serais coupable ? J'aurais trahi mon propre parti ? Les miens ?

— Vous avez fui.

— Je n'ai pas fui. Je suis parti. Ma place était ailleurs. J'aurais attiré des représailles sur le village en cas de défaite. Je me sens dangereux.

La voix se brisait à tout moment. Comme s'il avait les cordes vocales endommagées.

— Comment pouvez-vous être dangereux pour tout le monde ?

— Je n'aurais pas pensé que les patriotes puissent me croire coupable de trahison.

— Si les patriotes avaient été sûrs, ils vous auraient tué tout de suite. Les patriotes se posent des questions. Ils nous ont envoyés pour savoir la vérité.

Pour savoir la vérité ! Ce bout de phrase revient souvent. Comme si Papineau pouvait tout éclairer en parlant, en disant quelque chose.

— La vérité est un mystère pour moi aussi.

— Aux assemblées populaires, vous vous donniez l'air de la savoir, la vérité.

— Je n'ai pas menti. Je ne vous ai pas trompés. Les autres ont tout fait pour nous écraser. Ils n'ont toujours eu qu'une idée : nous réduire à rien.

— Ils se seraient servis de vous pour accélérer le mouvement ?

Thibeault est tout surpris de s'entendre dire une pareille

chose. Il lui semble que s'il ne se déplace pas trop vite, s'il ne brusque rien, il va se mettre à comprendre quelque chose. Beauchamp aussi a l'impression que Thibeault tient la vérité par un fil. Il va se risquer à poser une question lui aussi.

— Mon père s'est fait tuer pour vous Monsieur Papineau. L'affaire a été étouffée. Des soldats vous traitaient de maudit. Ils disaient : Maudit Papineau ! Mon père leur a mis son poing sur la gueule. Ils l'ont tué net.

— Je ne l'ai pas su.

— Pourriez-vous être du côté des autres ? Même s'ils vous traitaient de maudit ?

On est en train de se déplacer en jugeant Papineau. Comme dit ma mère, on ne devrait pas se déplacer comme ça. Beauchamp avait souri du sourire de Gosford et Papineau s'était un peu détendu. Mais la gorge lui faisait mal.

Beauchamp se rendait bien compte que le rôle de juge ne lui convenait pas. Ce rôle ne lui allait pas comme un gant. Il avait encore souri : je me verrais plutôt comme le défenseur de Papineau.

— Moi aussi, je mourrais pour vous Monsieur Papineau.

Thibeault l'avait regardé de travers.

— Il n'est pas question de ça. Ils nous ont délégués ici comme juges au procès de Monsieur Louis-Joseph Papineau. Il est question de savoir la vérité sur l'accusation de trahison.

— Tu sais aussi bien que moi que Monsieur Papineau ne nous a pas trahis.

— Attends avant de sauter aux conclusions.

Il essayait de retrouver ce qu'il avait pensé tantôt. Qu'est-ce que j'ai dit qui m'a illuminé ? J'ai dit tel quel : ils se sont servis de vous pour accélérer le mouvement.

— Récapitulons Monsieur Papineau.

O'Callaghan avait les poings serrés. Blanc de froid et de colère, il continuait à penser aux soldats qui battaient les bois à la recherche des patriotes qui voulaient passer la frontière. Qu'est-ce qu'ils veulent récapituler ? Ils n'ont rien dit. Ils sont stupides. Pauvre Papineau ! C'est pour eux que tu t'es battu. Comprends-tu ta folie ? Ils ne sont pas dignes de toi. Je comprends que Nelson ait voulu que tu partes de Saint-Denis. Tu es trop grand pour eux. Tu les dépasses trop. Tu touches au ciel, tu attires la foudre. Ça, c'est vrai. C'est ce qu'ils pourraient te reprocher. Tu es coupable de ça: d'avoir été trop grand pour tout le monde. Trop apparent, trop voyant.

Parfois, je me suis dit qu'ils auraient été mieux sans toi: un homme intelligent, mais terne et rusé aurait été plus utile que toi. Moins dangereux, c'est certain. Tu ne laissais dormir personne. Les députés étaient tes députés. Ceux qui voulaient s'absenter de la Chambre pour aller dormir en douce dans des chambres plus parfumées devaient se le tenir pour dit. Tu réveillais tout le monde, tous les instincts, bons ou mauvais. Penses-tu que le parti d'Adam Thom pouvait se calmer, nous tenir pour quantité négligeable quand tu étais là? Tu ressortais, tu nous faisais ressortir. Tout ce que tu as pu soulever en parlant, c'est incroyable. Qu'ils t'accusent de ça et tu devras plaider coupable. Papineau, êtes-vous coupable d'avoir trop bien parlé? On ne parle jamais trop bien. Pourtant, toi, tu parlais trop bien. C'est toujours ce que je me disais, je m'en souviens. Il dépasse la mesure, Papineau. C'est maintenant que ça me revient. Un homme terne et convaincu n'aurait pas attiré la foudre comme tu l'as fait. Le gouvernement nous aurait écrasés en douce sans que personne s'en aperçoive. Un homme ordinaire aurait accepté les réformes de détail. Il aurait pris tout ce que l'autre pouvait accorder sans dépasser son mandat. Gosford a des instructions, tu le savais qu'il n'irait jamais plus loin. Tu le savais Papineau. C'est peut-être de ça que tu es coupable. On ne peut pas dire que tu espérais contre toute espérance, non. Tu n'espérais pas. Tu savais que Gosford ne donnerait pas les réformes fondamentales que la Chambre demandait dans les quatre-vingt-douze résolutions. Tu voulais le forcer mais tu savais qu'il ne céderait jamais, qu'il ne pouvait pas le faire. Tu as dépassé la mesure Papineau. Tu as eu trop raison. Un héros, c'est toujours encombrant, toujours dangereux.

Les juges discutent entre eux. Beauchamp va défendre Papineau avec ses poings, si ça continue.

Papineau a vu sourire O'Callaghan. Il a souri, lui aussi. Il faudrait partir, tu as raison. Encore un peu de patience et ils vont nous aider à gagner la frontière.

Mais Thibeault se sent responsable du procès. Il veut pouvoir rapporter quelque chose de solide à ceux qui l'ont chargé de savoir la vérité.

— Comment expliquez-vous Monsieur Papineau que le gouvernement offre 4000 piastres à ceux qui vont vous capturer ?

Il a un peu bégayé. Le mot : capturé lui paraît sacrilège. Qu'est-ce qu'on est en train de faire ? On est en train d'aider les chasseurs de primes. Ils ont dix dollars pour une paire d'oreilles de loup. La chasse à Papineau est autrement plus payante. Ils sont en route. Ils vont voir nos chevaux. Ils vont le prendre. Pourquoi le gouvernement offrirait-il tant d'argent pour Papineau si Papineau était traître aux siens ? Ça tient pas debout.

On entendait les chevaux hennir.

— Quelqu'un qui s'en vient. Cachez-vous Monsieur Papineau. Vous aussi, Monsieur O'Callaghan. Je vais sortir tout seul. Autrement ils vont s'apercevoir qu'il y a des chevaux de trop.

— Qui va là ?

— Des soldats de Sa Majesté. Qu'est-ce que vous faites ici ? Les réunions sont interdites. Vous fuyez aux États-Unis ?

— Non. Sûrement pas. Mais vous savez que la chasse est ouverte. C'est ce qu'on fait : la chasse. 4000 piastres, c'est le prix de quatre-cents loups.

— Je sais de qui vous parlez. C'est la pure vérité. Vous aurez 4000 piastres si vous nous ramenez Papineau.

— C'est beaucoup. Qu'est-ce qu'il a pu faire pour valoir tant de loups ?

— C'est un homme dangereux. Il vaut plus qu'une meute de loups. Il a toujours hurlé à la lune, vous devez le savoir. Il vous a mis en bien mauvaise posture. Vous n'avez pas fini de payer pour l'avoir cru. Bonne chasse. Le plus tôt sera le mieux.

Thibeault regarde les soldats remonter vers le nord. Il reste là, au cas où il en verrait d'autres bouger autour de la cabane. Il faut se méfier. Ça pourrait être un piège. Il vaudrait mieux battre un peu les environs avant de laisser partir Papineau et son ami. On va se diviser : deux par deux on pourra mieux se rendre compte du danger qu'ils pourraient courir. Ils ont un guide peu fiable. Je devrais peut-être aller moi-même les reconduire à la frontière. Ou bien envoyer Beauchamp. Il serait fier, Beauchamp. Il va s'imaginer que son père le regarde du ciel et qu'il l'approuve. Tu continues ce que j'ai commencé en cassant la gueule des soldats. Bravo mon fils ! Les autres, à Saint-Denis pensent qu'il a envie de tuer Papineau pour venger son père. C'est tout le contraire. Il venge son père en sauvant Papineau des soldats qui le cherchent pour l'arrêter. Les gens ne comprennent rien. Ils font de la confusion d'esprit.

L'air est plus doux. La gelée blanche fond, laisse le brûlé plus noir encore si c'est possible. Au village, Robert, le Français, trouve le pays désolé et désolant. Il dit qu'en France, c'est plus beau. Il dit que la nature est plus hospitalière, moins inhumaine. C'est parce qu'il n'est pas né ici. Quand on n'est pas né ici, il y a des choses qu'on ne peut pas voir, qu'on ne peut pas sentir. Les étrangers ne comprennent pas qu'on puisse tant aimer un pareil pays.

Thibeault regardait le soleil se lever. Il frissonnait de plaisir et de froid. On aurait dit le tocsin au loin. L'ange du Seigneur annonça à Marie. Il l'avait dit tout haut. Pourquoi Dieu serait-il contre nous, pour les malfaisants. Dieu est avec nous. Mais quand il s'agit de Dieu, on est comme les étrangers qui arrivent au pays : on ne comprend rien. Mais ce n'est pas parce qu'on ne comprend pas qu'il n'y a rien à comprendre.

Pour le moment, c'est à moi de prendre une décision. On bat un peu les bois tous ensemble. Ensuite, on laisse partir Papineau et O'Callaghan.

Que Dieu les garde. Moi, je ne voudrais pas m'en aller en exil. J'aimerais mieux mourir. Lui aussi, il aimerait peut-être mieux mourir. Ne mourez pas Monsieur Papineau ! Un bon jour, on comprendra ce qui nous est arrivé. Dans le moment, on est comme des étrangers en terre inconnue. On ne voit rien de ce qu'il y a à voir.

6

LE DÉLIRE DE MONSEIGNEUR LARTIGUE
SUIT PAPINEAU SUR LA ROUTE DE L'EXIL

La route est difficile à travers bois. Ils n'osent pas parler. De temps en temps, ils s'arrêtent pour se reposer et faire manger les chevaux.

Le guide a réussi à acheter de l'alcool à l'un des juges qui avait besoin d'argent.

On n'est pas commerçants personne : 4000 piastres qu'ils offrent pour Papineau. Moi, j'aimerais mieux mourir de soif. Je ne sais pas pourquoi au juste. Ça me paraîtrait d'une indécence extrême.

Thibeault m'a dit de faire attention :

« Tâche de ne pas te tromper de route. Bois seulement aux relais et pas trop encore. Tu es comme saint Christophe : c'est Papineau que tu fais passer. C'est la seule différence. »

« Comme tu dis : c'est la seule différence. »

Ils ont fait tout un procès là ! Moi non plus, je ne comprends pas ça que tout le monde le tienne responsable de ce qui arrive. Tout ce qu'il a fait, c'est parler. Il n'a jamais dit : aux armes ! Il a toujours dit : non non ! Habillez-vous de drap fait ici, boycottez tous les produits anglais tant que vous pouvez ! C'est curieux qu'ils prononcent tous son nom quand on leur demande qui nous a menés là.

Ils s'étaient arrêtés. Le guide s'occupait des chevaux, se tenait un peu à l'écart. De loin il n'entendait pas ce que se disaient Papineau et O'Callaghan. Ça doit être quelque chose d'être Papineau. Moi, la peur me prendrait. S'il fallait que le diable me joue ce tour-là ! Je me réveille et je me regarde dans le miroir : Papineau, c'est moi. Je fais mieux d'arrêter de boire. Si je veux que ma ration dure, il faut que je fasse attention. En revenant, je serai seul avec les loups. À dix piastres de la paire d'oreilles, ça va me prendre du temps à ramasser 4000 piastres. La tentation ne vient même pas. On n'est pas commerçant !

Papineau et O'Callaghan sont assis sur un tronc d'arbre mort. Tout près l'un de l'autre. Les vêtements humides, les mains gelées, ils causent tout bas et sont presque heureux.

— On est drôles, Papineau.

Papineau a souri comme avant.

— Tu trouves qu'on est drôles ? Peut-être : sinistres et drôles.

— On est drôles d'être heureux comme ça au moment où on n'a pas de raison d'être heureux.

— Monseigneur Lartigue m'a dit la même chose à l'Hôtel-Dieu avant que je parte de Montréal. Il était content de me voir, c'est curieux.

— C'est ton cousin.

— Il délirait quand je suis allé. Il a des crises de rhumatisme très éprouvantes. Il était hors de lui.

— Tu es resté longtemps à l'hôpital ?

— Assez longtemps. Il était à bout de forces. J'ai toujours cru qu'il me détestait.

— Il te déteste autant qu'on peut. Il a donné toutes les preuves de ça.

— Cet après-midi là, il m'a tendu la main. Il voulait que je m'approche de lui. On aurait dit qu'il voulait me prendre dans ses bras. Je n'ai pas compris. On ne comprend peut-être jamais rien. Il m'a dit des choses.

« Ma mission aurait dû être une mission d'amour, Louis-Joseph. J'ai manqué ma vie. J'ai tout manqué. Au fond, je suis un Papineau, moi aussi. Au fond, je te ressemble. »

— Comme il disait ça, on aurait dit qu'il m'enviait.

« Tu as eu tort de monter le peuple comme tu l'as fait. Tu ne connais pas ta force. Moi, quand je lisais les discours que tu avais prononcés en Chambre, j'étais comme possédé. J'ai charge d'âmes, Louis-Joseph. On devrait pouvoir compter sur la grâce. On ne veut pas blasphémer, on s'aperçoit que c'est ce qu'on est en train de faire. As-tu pensé sérieusement que mon loyalisme était... »

— Là, il a hésité. Il a failli dire : sincère, je pense. Il a plissé les yeux. Il a fini par dire :

« As-tu pensé que mon loyalisme était sérieux ? »

— Il était en pleine crise de rhumatisme.

« C'est mon âme qui se révolte. C'est ça mon rhumatisme. J'ai les bras tordus, torturés, les mains déformées. C'est l'impotence qui me tue. L'impuissance, la terrible impuissance. Si j'avais eu ton éloquence, Louis-Joseph ! Tout ce que j'aurais pu faire. J'envoyais des mandements pleins de maladresses. Autant ils pouvaient t'aimer toi, autant ils me haïssaient. Comme si j'avais été contre eux. Je ne pouvais tout de même pas t'approuver. Toi, tu ne connaissais pas la force de ta parole, mais moi, je la connaissais. Je te l'ai dit : je la connaissais jusqu'à me sentir possédé, jusqu'à me sentir heureux. Tu n'en parleras à personne Louis-Joseph. C'est un après-midi sorti du temps que nous vivons, toi et moi. »

— Je peux t'en parler à toi, O'Callaghan. C'est comme si je me parlais à moi-même. Je connais ta discrétion.

« Je m'enfermais dans ma chambre pour prier. Il aurait fallu que je sois éloquent moi aussi pour leur faire comprendre quelque chose, moi aussi. Etienne Parent a essayé, Nelson aussi a essayé. Il y en a plusieurs qui ont essayé. Dans la région de Québec et des Trois-Rivières, ils ont compris ce que les modérés disaient. À Montréal, avec Adam Thom, le Doric Club et toute la haine qui sévissait, les modérés faisaient figure d'aveugles ou de traîtres. C'était à moi de remplir ma mission d'amour. J'ai administré le diocèse, Louis-Joseph, et je n'avais rien d'un administrateur. Toute ma vie, je me suis fait violence. Je n'étais pas viable. Je pense que je n'étais même pas viable. C'est un échec total et je vais paraître devant mon Créateur. Tu ne me dis rien, Louis-Joseph ? C'est bien comme ça. Qu'est-ce que tu pourrais me dire ? »

« Je ne sais pas ce qui est arrivé au juste. Moi non plus je ne le sais pas. Je n'ai pas voulu la révolte armée, tu le sais aussi bien que moi, Jean-Jacques. »

« Ce sont des illettrés. Sais-tu combien sont illettrés ? »

« Ça fait une différence si grande ? »

« Les illettrés sont plus excitables. Quand tu lançais les quatre-vingt-douze résolutions, ce chef-d'oeuvre de démence, tu les rendais tous fous. Si c'était à refaire Papineau, si on pouvait recommencer tous les deux, penses-tu qu'on referait les mêmes erreurs ? »

« J'ai raison. J'avais raison. C'est eux qui ont décidé de nous écraser. C'est contre eux que tu aurais dû te battre. »

« Moi, je me serais battu contre le gouverneur, contre l'autorité de la couronne ? Je n'aurais rien gagné et j'aurais tout perdu. Regarde ce que j'ai obtenu. J'ai fait valoir les droits de l'Église catholique, j'ai obtenu la reconnaissance de l'autorité de l'évêque de Montréal. Rien que ça, c'est un monde Papineau. Un monde. »

« Si le clergé nous avait appuyés, le gouverneur aurait reculé. »

« Tu ne le penses pas. Tu cherches à me faire porter une part de ta responsabilité. »

« Tu ne veux pas en porter une part ? »

« Mon pauvre cher Papineau. Quand j'ai eu des tentations dans ma vie, c'est toi qui me les a données, pas le diable. Les jambes me font mal maintenant. Par moments, je ne sais plus qui se révolte de mon corps ou de mon âme. Il vient une heure où ça me fait tellement mal que je n'arrive plus à penser normalement. Je me sens devenir fou. Sais-tu ce qui me fait du bien : je pense à toi. Je me dis qu'au lieu de vivre à couteaux tirés comme on l'a toujours fait, je me dis qu'on est amis. J'aurais tant voulu que tu viennes me demander conseil. »

« Humblement conseil ? Et qu'est-ce que tu m'aurais conseillé ? De me taire ? De ne pas présenter les quatre-vingt-douze résolutions ? »

« Je me dis que si on s'était entendus, on aurait pu tout gagner. »

« Tu n'as jamais rien compris à la politique. Londres n'avait pas d'objection à reconnaître ton diocèse. Tu devenais un des leurs en fait. Le gouverneur avait l'ordre de se servir de toi et de tes curés pour s'assurer du loyalisme aveugle de tout le pays. »

« Pourquoi le loyalisme serait-il nécessairement aveugle ? »

« C'est le seul qu'ils supportent dans les colonies. »

« À nous deux, on aurait pu tout obtenir. Toutes les résolutions : les quatre-vingt-douze résolutions. »

« Tu étais pour ? »

« Évidemment je suis pour. Pour qui me prends-tu, Louis-Joseph Papineau ? Si j'ai échoué, si j'ai tout manqué, ma vie et ma mission d'amour, c'est à cause de toi. Toi, tu m'as manqué. J'avais besoin de toi autant que d'une grâce efficace. C'est l'heure Papineau ! L'heure la plus cruelle de la journée. À la brunante, quand le soleil se retire, je ne distingue plus rien de la bonté de Dieu. Il m'a abandonné. J'ai dû mériter sa disgrâce. Je l'ai sûrement méritée. Ne reste pas Louis-Joseph. C'est l'heure où je blasphème sans m'en rendre compte. »

« Tu as fait ton possible Jean-Jacques. Il ne te sera rien demandé de plus. »

« C'est ce que tu penses ! Tu n'y connais rien. C'est l'impossible qu'Il demande. Je n'étais pas viable et j'ai vécu. Les circonstances de ma vie étaient inacceptables et je les ai acceptées. On arrive toujours à faire ce qu'on n'était pas capable de faire. Va-t'en Louis-Joseph ! Ne reste pas à Montréal. Il ne faut pas que tu meures. Je ne sais plus rien que ça : ne meurs pas. Tu es comme Lui : un signe de division. Tu Lui ressembles et j'ai été jaloux de toi parce que tu me manquais. Tu m'as manqué Louis-Joseph. Tu ne sauras jamais comme tu m'as manqué. »

O'Callaghan continuait d'y penser. La fatigue lui donnait mal aux bras, aux jambes, à la tête. Les chevaux avançaient lentement. La journée avait été longue.

Le guide leur montra une maison sur le haut d'une colline. La frontière enfin.

Il y avait des bruits d'eau partout. Ils s'étaient dit : la frontière enfin et ils avaient continué vers le sud. La frontière était toujours loin. Le guide avait l'oreille fine.

— Attention : des chasseurs.

Les chevaux cachés dans un creux du terrain, Papineau et O'Callaghan se sont assis sur une pierre mouillée. Le guide lui s'est avancé comme un chat pour savoir ce qui se passe. La chasse à Papineau est ouverte. C'est à qui le ramènerait au gouverneur. Comme un trophée.

Ils sont trois : trois chasseurs de primes. Le guide les a déjà vus. C'est rare que les membres du Doric Club s'aventurent en dehors de Montréal. Ils s'approchent. Le guide respire en douce. Encore un peu et il va entendre ce qu'ils se disent. Avec le temps, il a fini par apprendre l'anglais : il commence à saisir des mots isolés. Ils sont à moitié saouls. Ils rient comme des fous. Le guide ne comprend presque rien de ce qu'ils disent. On se dit qu'on sait l'anglais ! Ils ont un anglais incroyable.

Les chasseurs en sont à tirer au sort. Tout un rituel sauvage. C'est leur façon de décider de la direction qu'ils vont prendre. C'est une idée comme une autre.

Le guide les voit montrer la direction de Papineau. Il leur lance une couleuvre qu'il vient d'apercevoir. À la tête d'un des chevaux. Là, c'est un autre rituel qui décide de la direction à prendre. Les chevaux se sont cabrés et les cavaliers sont tombés la face contre terre. Le guide est resté là assez longtemps pour les voir décider de s'en aller loin d'ici. Il y en a un qui se tient le cou en se lamentant. Le plus roux des trois regarde l'arbre au-dessus du guide : il en déduit que la couleuvre est tombée de là. Il a des doutes. Mais le plaisir de la chasse est parti. Ils ont décidé de s'en retourner.

Papineau, O'Callaghan et le guide ont repris la route du sud : la route à peine marquée entre les arbres. Vers la frontière, vers l'exil.

Papineau est un homme lucide, sain d'esprit. Il essaie de s'en convaincre. C'est l'heure où à Saint-Denis les patriotes se battent contre une armée rangée. Papineau se sent écrasé. Ce n'est pas la peur, c'est autre chose.

J'avais raison, j'ai encore raison. Comme si c'était important. Ne vaudrait-il pas mieux avoir vécu en paix ? Ils nous auraient écrasés : ils ne pensaient qu'à ça. Nous éliminer, nous raturer. S'emparer de nos plus belles terres : s'emparer de la vallée du Richelieu, la vallée la plus prospère du pays. Ils nous auraient pris toutes nos industries : déjà plusieurs sont bien parties. Ils nous auraient pris nos plus beaux lacs. J'ai pris la parole. J'ai fait ce qu'il a fallu faire.

Lactance a toujours été un enfant difficile. Il m'a toujours écrit de drôles de lettres. À tout moment il sentait le besoin de m'écrire. Autant j'ai de plaisir à lire les lettres d'Amédée ou de Gustave, autant celles de Lactance me mettent mal à l'aise. Julie me dit toujours que je ne sais pas le prendre et c'est vrai. Durant les vacances, c'est pire. Il a une façon de me regarder qui me fait sortir de moi. On ne devrait pas se laisser emporter pour rien. Avec mes autres enfants, c'est facile. Ils ont leurs vies, leurs études, leurs goûts. Lactance, lui, passe son temps à me regarder. Quand il m'écoute parler, il m'écoute tellement intensément qu'il ouvre la bouche. Un idiot ! On ne devrait pas crier à un enfant qu'il a l'air idiot comme ça la bouche ouverte. Il fait attention maintenant : on sent la volonté de se tenir la bouche bien fermée. Je pense que c'est pire : les yeux de Lactance qui me regarde parler, la bouche serrée. C'est un enfant qui ne parle pas. Presque pas. Je ne sais pas de qui il peut tenir. Les autres pratiquent leur religion : il n'y a pas de problèmes. Celui-là, quand il prie, c'est pire que tout. Au fond, il ne prie pas. Julie elle, quand elle prie, on sent qu'elle dit quelque chose : elle parle à Dieu. Lactance ne sait pas prier ; pas plus qu'il ne sait parler. On dirait qu'il souffre. On dirait qu'il se met à souffrir, c'est sa façon à lui. Quand je recevais une de ses lettres, je me retenais de l'ouvrir. Je la cachais au fond du tiroir. Ça me prenait un effort de volonté pour me mettre à la lire. Il faut être juste, il faut être équitable, ne pas se laisser emporter. Le pire, c'est qu'il me parle de Dieu comme s'il savait quelque chose de Lui. Le pire, c'est l'admiration qu'il a pour moi. Les autres aussi sont fiers de moi, je le sais. Ça me fait plaisir. Lactance a le don de m'écrire des choses qui me collent au coeur, à la mémoire. Il me dit que je parle tellement bien que Dieu Lui-même est jaloux de moi. Tu provoques la jalousie du Verbe. Quand j'essaie de me convaincre que j'ai raison, que j'ai eu raison, j'en arrive toujours à penser à Lactance et à ses idées.

— Tu as froid Papineau. La nuit est froide : c'est vrai. Je te vois frissonner d'ici.

Le guide leur fait de grands signes. C'est le lac. Ils sont rendus. Il a bu tout ce qui lui restait d'alcool. S'il faut que je retourne sans mon viatique, je reste en exil. Ma pauvre femme et mes pauvres enfants vont se demander si je suis mort ou en prison.

Il a fallu monter dans une mauvaise chaloupe. Les vagues sur le lac étaient courtes et irrégulières. Ils allaient enfin toucher terre. Enfin la terre de la liberté. Papineau se l'était dit pour se réchauffer mais les mots sont restés inertes. Il a fallu que la chaloupe chavire et les vagues sont plus hautes qu'un homme.

Ils réussissent à grand-peine à se relever et chaque vague les fait retomber. Quand ils touchent enfin le rivage, ils sont exténués.

Le guide ne sait pas au juste ce qui a pu arriver. Il a réussi à ramener la chaloupe et à la monter le plus loin possible.

— Il y a une cabane, tout près. Venez. Quelqu'un va venir vous porter des vêtements et des couvertures.

Il leur a bâti un mauvais feu de bois vert et la fumée emplit la cabane. Papineau a prononcé des mots que personne n'a entendu : J'aurais dû rester à Saint-Denis ! J'aurais dû mourir à Saint-Denis ! Il a une laryngite totale et la fumée le fait pleurer. La pensée qu'il serait mort à Saint-Denis est la seule qui le réchauffe.

Enroulés dans des couvertures de grosse laine, couchés sur des matelas de paille, ils se sont endormis. Le guide avait de l'argent américain. Il a réussi à acheter un petit flacon de chaleur. Il s'est juré de ne pas l'ouvrir avant de repartir pour le Canada. Si je l'ouvre, je le vide. Si je le vide, je reste ici. Si je reste ici, je suis en exil. Je ne suis pas Papineau moi ! Je peux retourner moi ! Les soldats ne se méfient pas de moi : ça les arrange de me considérer comme une quantité négligeable. Moi aussi ça m'arrange d'être une quantité négligeable.

7

À ALBANY : LE CONTRECOUP
DE SAINT-DENIS ET DE SAINT-CHARLES

Papineau dort. Les couvertures de laine rugueuse, le mauvais feu. O'Callaghan fiévreux, la laryngite : la chaude intimité du malheur.

Les lettres de Lactance sont devenues les lettres de Julie et il essaie de les lire : il fait sombre et il ne distingue pas tous les mots.

Julie lui dit qu'il a raison. Julie l'envie de ne pas toujours rester à la maison... tous les petits embarras de la vie privée. Quand tu es à la maison, es-tu de meilleure humeur ? Rien ne te satisfait ici.

C'est un procès Papineau. C'est Julie qui te juge. Et pourtant tu l'aimes et elle le sait. Les enfants sont là aussi et bien d'autres personnes que tu ne reconnais pas. Le salon est plein de monde qui te regarde. Ils ont tous les lèvres serrées comme Lactance. Toi, tu ne peux pas parler : tu n'as pas de voix. Tu leur fais des signes désespérés.

Tu te mets à leur parler sans voix et ils ne sourient pas : personne. Ils te disent que ton intransigeance a amené le malheur sur le pays. Tu leur dis que le malheur a du bon, mais tu te rends compte que tu ne dis plus rien de ce que tu veux dire. J'avais l'habitude de savoir parler. J'ai provoqué la jalousie de Dieu

Lui-même. Qu'est-ce que j'ai qu'Il n'a pas? Dieu tout-puissant! Et tu vois le malheur couvrir tout le pays. La noirceur sur le fleuve, sur le Richelieu et toute la vallée. Allez-vous-en Papineau.

Julie, pourquoi étais-tu toujours souffrante? Comme une incurable tu t'ennuyais tout le temps. Je te parle politique: je sais que ça te réchauffe et tu cesses de t'ennuyer. Tu cesses de sentir ton ennui.

Tu sens venir le malheur. Qu'est-ce qui pèse sur nous, quel acharnement? Dieu ne peut pas avoir été jaloux d'une créature, Lactance. J'essaie de me contrôler, j'essaie de ne pas m'emporter, mais je m'emporte toujours, finalement.

C'est l'Assemblée des six comtés. Je prononce les mots mais je n'ai toujours pas de voix. Ils applaudissent. Comment peuvent-ils applaudir puisqu'ils n'entendent rien.

J'ai du plaisir à lire tes discours Louis. Les enfants sont malades, tout le monde est malade. Le pays est malade. C'est une épidémie mais j'ai du plaisir à lire tes discours Louis. Ils sont bien les plus beaux. Continue de parler.

Je veux que le gouvernement cède. Les quatre-vingt-douze résolutions sont un chef-d'oeuvre de démence. Donnez-nous une réponse appropriée. Je ne céderai pas parce que j'ai raison.

Ne refuse plus de quitter la ville Julie. Pense aux enfants.

Nous avons souffert de la mauvaise volonté du gouvernement d'Angleterre et du gouvernement local, mais la Chambre est unie.

Mais la Chambre se met à se diviser et tu n'es plus sûr de rien Papineau. Les patriotes me quittent. Je retiens les patriotes les plus fervents mais les autres s'éloignent de moi. Je fais mon discours mais la voix me manque souvent. Ton intransigeance amènera le malheur sur nous Papineau. Il aurait mieux valu que tu ne voies pas le jour.

— Papineau! Réveille-toi.
— Oui.
— Des amis nous ont apporté des vêtements.
— Quels amis?
— Des exilés. Comme nous.

Ils sont là, à la porte. Venus voir celui par qui tout le mal est arrivé.

Papineau n'a pas fini de s'habiller. Ils sont là. Comme des juges. Encore des juges. Ils le savent pourtant que j'avais raison. Ils m'ont donné la parole. J'ai crié à l'injustice. J'ai bien dit tout ce qu'il a fallu dire. Ils ne parlent pas les exilés : ils regardent Papineau mettre ses bottes. Jutras a la bouche un peu ouverte comme pour écouter un beau discours. O'Callaghan leur a dit que Papineau a perdu la voix : l'humidité et le froid des sous-bois. Ça ne les empêche pas d'écouter, d'attendre que Papineau dise quelque chose.

— C'est un grand malheur, Monsieur Papineau. Qu'est-ce qu'on va devenir ?

— Rien n'est perdu.

Mais la voix est éraillée et Papineau ne dit plus rien.

Julie m'écrivait qu'elle voyait tout en noir. Ma forte Julie pourtant. Il aurait fallu arracher un succès politique complet pour éviter la guerre civile.

— Le gouverneur a eu tort.

Il l'a dit plus bas pour ne pas se sentir la gorge brûler.

— Pensez-vous que la victoire est possible, Monsieur Papineau ?

La victoire d'une révolte armée sans armes ? Papineau ne répond pas.

— On n'a pas de chance, c'est évident. Contre une armée organisée. Même si les gens de la vallée du Richelieu sont capables de porter les armes : même si la belle ombre du régiment de Carignan flotte encore sur le pays, je sens bien qu'on n'a pas de chance. On n'a pas assez d'armes, on n'est pas assez bien organisés. Ils vont sûrement mettre le feu partout. C'est facile : mettre le feu. Les maisons sont souvent en bois. Ça va faire un beau feu de joie : un grand feu de détresse. Monsieur Papineau, dites-nous quelque chose.

— Vous étiez là : comme moi. Quand je parlais, vous étiez là, vous le savez. Ils ont toujours voulu nous écraser. Ils ont lancé des mandats d'arrestation partout. C'est la façon de faire des mauvais gouvernements, vous le savez.

À parler, la voix lui revient.

Ils font un cercle autour de Papineau dans la cabane délabrée. Ils sentent le besoin de le voir encore, de le toucher, de l'entendre, même s'ils reconnaissent mal leur grand homme.

— Il y en a qui vous jugent durement, Monsieur Papineau. Il y en a qui vous mettent tout ça sur le dos. Ils disent : si Papineau n'avait pas été là, rien ne serait arrivé.

— Vous étiez avec moi quand je parlais à l'Assemblée des six comtés. Vous étiez avec moi partout.

— On pouvait pas faire autrement. Aujourd'hui, on se pose des questions. Moi, j'ai laissé ma femme et mes enfants tout seuls. Ils s'en venaient m'arrêter. J'ai essayé d'aller à Saint-Denis. Les soldats me suivaient. J'ai décidé de passer la frontière. Mais on a envie de retourner Monsieur Papineau. Vous allez rencontrer le président des États-Unis et le convaincre de nous aider ? C'est bien le moins que vous puissiez faire.

Papineau l'a regardé.

— C'est vous le responsable, Monsieur Papineau. Si on avait écouté Etienne Parent et les autres modérés, on n'en serait pas là.

Etienne Parent qui s'en faisait accroire. Etienne Parent qui croyait encore aux branches d'olivier et aux balances de justice... « qu'on ne perde pas par notre impatience un avantage que nous n'aurons peut-être plus d'arriver au terme de nos voeux par des voies constitutionnelles et pacifiques. Ces voies sont lentes il est vrai, mais elles sont sûres et peu coûteuses. »

Etienne Parent qui ne vivait pas à Montréal, qui ne comprenait pas que tous les prix de consolation que nous donnerait le gouvernement n'étaient que des moyens de nous endormir pour mieux nous écraser. Ils auraient aimé mieux nous écraser en douce peut-être. Je ne suis même pas sûr de ça. Ils cherchaient la guerre civile, c'est ça la vérité. Pour avoir le plaisir de demander nos têtes dans leurs journaux comme ils le faisaient ; il fallait qu'ils veuillent la guerre civile. Ils n'auraient eu de cesse qu'ils n'aient réduit tous les nôtres à l'état d'infériorité.

— Les curés étaient contre aussi. Contre vous, je veux dire. Les évêques aussi étaient contre vous. Je me demande ce qui serait arrivé s'ils avaient été pour.

Ils parlent chacun leur tour : endormis, fatigués, mal nourris, ils voudraient savoir la vérité eux aussi : Papineau se l'était dit.

— Il faut que je m'en aille.

— Où ça ?

— À Albany.

— Pourquoi ?

— Il faut que je voie ce qu'il y a à faire. Il faut sauver la patrie. Rien n'est perdu.

Toutes phrases qu'il sent inadéquates. La voix blessée et la pensée absente. Il ne se reconnaît plus. Julie trouvait que mes discours étaient les plus beaux. Et mon pauvre Lactance, mon pauvre enfant presque muet qui m'écrivait que Dieu était jaloux de moi. Des souvenirs de bible lui revenaient. L'histoire de Job que personne n'osait trop comprendre. L'acharnement contre l'homme doué de sens et de réflexion, contre l'homme fidèle et pieux. J'ai vite perdu la foi et pourtant les histoires de la bible et de l'évangile me restent en tête. Toutes ces choses qu'on n'ose pas comprendre de peur de blasphémer. On perd la foi, mais le besoin de comprendre revient de loin : l'audace de comprendre.

Le temps est plus doux et la route ici est moins pénible. Les soldats ne viendront pas nous prendre ici. Mais Papineau sait que les patriotes se battent de l'autre côté de la frontière. Sans armes. Ils se battent sans armes.

Si tu pouvais reprendre ta vie, Papineau, qu'est-ce que tu ferais ? Je trouverais des armes. Il n'y avait pas d'autres moyens. Il n'y en avait pas. Les voies constitutionnelles n'étaient pas pour nous. Qui nous prenait au sérieux ? Ni l'Angleterre ni le gouvernement local. Personne. Ils m'écoutaient parler avec rage.

Quand je pense à Gosford, à son sourire à fossettes. Il voulait me gagner. Il m'aimait au fond. Il m'aurait dit comment vivre, il m'aurait tout dit.

Pourquoi faut-il toujours se battre ? Tu ne te reconnais plus Papineau ! Peux-tu concevoir une vie où tu n'aurais pas à te battre ? Américain, tu aurais trouvé des raisons et quatre-vingt-douze résolutions à proposer.

— Tu souris Papineau. Trois pennys pour tes pensées.

— Nous pourrions être Américains. Nous aurions pu. Ils ont voulu nous entraîner dans l'indépendance avec eux. Qu'est-ce qui nous a pris de refuser. Comme si notre destinée avait été autre, autrement. Comme si elle nous était imposée par une force terrible.

— On aurait dû être Américains. Qu'est-ce qu'il serait advenu de Papineau ? Papineau n'aurait pas été Papineau.

— Je voudrais avoir des nouvelles de Saint-Denis.

Mais O'Callaghan n'a rien dit. Comme si toutes les nouvelles allaient être mauvaises. Comme si une malédiction avait été prononcée, il ne sait plus quand.

— Avoir tant parlé pour en arriver là quand même. Je me demande ce que valent les voies constitutionnelles pour un peuple pauvre et désarmé.

— Il faudrait pouvoir faire confiance aux plus forts. Gosford aurait pu être digne de confiance.

— Quelle phrase contournée.

— Je me suis senti des affinités avec lui. Il savait que c'est moi qui avais raison.

— Qui viendra nous donner des nouvelles de Saint-Denis ?

— Ils vont nous écrire quelqu'un ! Ils vont nous dire ce qui se sera passé. Des défaites, rien que des défaites. Si ce n'est pas à Saint-Denis, ce sera à Saint-Charles, à Longueuil ou ailleurs. Il faudrait que le Richelieu s'ouvre pour engloutir l'armée anglaise.

— Comme dans la bible. Tu ne crois pas à la bible, Papineau. Le clergé t'accuse d'impiété. C'est comme ça qu'ils le disent. Tu n'obéis pas aux mandements des curés.

— Ils se mêlent de politique et ils n'y connaissent rien.

— La politique n'est jamais séparée du reste.

— M'accuses-tu, toi aussi, O'Callaghan ?

— Moi, je ne te comprends pas toujours. Tu déchaînes le peuple par tes discours et tes grandes envolées et tu voudrais qu'il ne prenne pas les armes.

— J'aurais voulu une lutte sans armes.

— C'est ce qu'ils font, hélas.

— Je sais. C'est de la lutte passive que je parlais. Il aurait fallu qu'ils boycottent les produits anglais, qu'ils se suffisent à eux-mêmes, comprends-tu ?

— Ils ont essayé. Les autres ont réagi : il fallait s'y attendre.

Papineau et O'Callaghan sont arrivés à Albany. Monsieur Porter a accueilli Papineau chez lui, comme un ami de longue date. O'Callaghan s'est loué une petite chambre tout près.

Le soir, ils marchent ensemble. Ils commentent les nouvelles qu'ils reçoivent de la vallée du Richelieu.

Des amis leur racontent Saint-Denis en long et en large. Saint-Charles aussi : Saint-Charles en profondeur et en détresse.

Même la victoire de Saint-Denis laisse un goût amer. Papineau voit les maisons en ruines, les soldats cachés dans les maisons et les granges. Les bons tireurs et les autres. Les munitions qui manquent.

— Si j'avais voulu la révolte armée, O'Callaghan, j'aurais eu des armes. Il aurait peut-être fallu vouloir la révolte armée puisqu'elle était inévitable. Quel gâchis ! Rien de vraiment préparé. Rien que de l'improvisation.

— Penses-tu que les États-Unis nous aideront ?

— Non. Je ne pense pas. Je ferai tout ce que je pourrai, mais je ne le pense pas. Ils sont indépendants eux, ils vont respecter la paix qu'ils ont signée avec l'Angleterre.

— C'est en 1812 qu'il aurait fallu y penser.

— Quel destin est le nôtre, O'Callaghan. Déraisonnable. Moi, Louis-Joseph Papineau, je me suis battu en 1812 pour garder le Canada à l'Angleterre. Qu'est-ce que j'espérais ? De la reconnaissance ? Je pense que oui. Se leurrer à ce point-là, c'est effrayant. C'est de l'inconscience.

— Si c'était à refaire, tu t'allierais aux Américains contre l'Angleterre ?

— Oui.

— Penses-tu que les Américains te seraient reconnaissants ?

— Non. Je ne pense pas. C'est sans espoir.

— Et la France ?

— J'irai en France aussi. Mais c'est sans espoir de ce côté-là aussi.

— Tu perds la foi Papineau. Pour la deuxième fois.

Papineau voit les patriotes retraiter à Saint-Charles. Il voit Brown qui craque, Brown à qui les patriotes ont confié le commandement. Brown qui arrache les parements dont il s'est affublé et qui s'enfuit, fou de terreur. Brown qui se rend compte de l'insuffisance d'armes, de l'insuffisance de patriotes, de l'insuffisance de provisions. Il ne peut pas avoir voulu pareille bataille. Brown qui se met à voir ce qu'il aurait dû voir avant.

— Brown a fui à Saint-Charles. Le commandant a fui.

— Je sais Papineau.

Les patriotes surclassés par le nombre, par l'équipement, par la force physique. Ils n'ont pas le temps de manger, les provisions n'arrivent pas au bon endroit. Les troupes s'emparent des points de distribution. Papineau a serré le bras d'O'Callaghan.

— Ils ont mis le feu aux maisons.

— Comme toujours. C'est toujours ce qu'ils font.

— Ils ont fait des prisonniers, campé dans l'église.

— Et ceux qui ont pu se sont enfuis. C'est ce qu'ils avaient de mieux à faire. Tu n'as pas voulu ça Papineau. Moi non plus.

— Et pourtant, si je n'avais pas existé, ça ne serait pas arrivé : peut-être pas.

— Tout ce que tu as fait, c'est parler. Et tu t'es fait aimer aussi.

— Ensuite, ils n'ont plus voulu m'écouter. Au Conseil de guerre, j'ai senti que je les perdais.

— C'est un grand malheur. Tout va mal pour les patriotes.

— Il aurait fallu préparer la révolte armée. C'est là que j'ai manqué.

Pauvre Papineau ! O'Callaghan ne songe pas à pleurer sur lui-même. Il regarde l'Orateur rentrer chez Monsieur Porter sans faire de bruit car il est très tard.

8

LES PRISONNIERS SE RÉCHAUFFENT
AU SOUFFLE DE PAPINEAU

Les patriotes sont arrêtés, emprisonnés. Même ceux qui ne se sont pas mêlés de la révolution.

Les prisonniers sont amenés à Montréal où ils sont traités en dérision dans les rues de la ville. On leur crie des injures. On leur lance des pierres. Épuisés, ils ferment les yeux. Ce n'est pas ça qu'ils ont voulu. Dieu les a abandonnés.

Ils ont Papineau en tête. Comme si c'était Papineau qui les avait abandonnés.

Deux prisonniers parlent ensemble tout bas. Enchaînés l'un à l'autre, comme des malfaiteurs.

— Pensais-tu qu'on gagnerait, toi?

— Oui. Moi, quand j'entendais parler Papineau, aux assemblées et ailleurs, je me disais qu'on gagnerait. Ça pouvait pas être autrement. On sortait tout armés de sa bouche.

— Oui. On sortait mal armés de sa bouche. On se défend mal contre une vraie troupe avec des illusions comme ça.

— C'est indéfendable.

— Qu'est-ce qui est indéfendable?

— Notre affaire. On aurait dû y penser qu'ils nous trompaient.

— Qui nous a trompés?

— Tout le monde nous a trompés. Je me sens trompé de partout. C'est à qui nous aurait le plus trompés. C'est à qui nous aurait le plus menti.

— Tu penses sérieusement que Papineau nous a menti?

— Il avait raison. Je continue de penser qu'il avait raison.

Ça donne rien d'avoir raison quand on n'a pas d'armes. Qu'est-ce qu'ils vont nous faire?

— Nous mettre au cachot pour commencer.

— On est ensemble, c'est déjà quelque chose.

— Oui. Pourvu qu'ils nous laissent ensemble. On peut parler. J'ai hâte d'arriver. C'est inhumain de nous lancer des choses comme ça par la tête. Des chiens enragés. Tout ce qu'on a fait, c'est avoir raison sans avoir les moyens d'avoir raison.

— C'est pas la plus belle classe d'immigrants, ceux-là je les connais. C'est le fond du panier.

— Le gouverneur est un faible, un mou.

— Tu le connais?

— Non mais Papineau le connaît. Je me fie à Papineau.

— Tu te fies encore à Papineau?

— À qui veux-tu qu'on se fie?

— Moi, j'en connais qui veulent aller le tuer.

— Des patriotes?

— Oui, des patriotes. Ils ont réusssi à se sauver. Ils veulent aller le tuer à Albany.

— Non non! Ça va être pire si on n'a plus Papineau. Moi, il faut que je sois capable de me dire que Papineau existe. Même si je me sens trompé, humilié, abandonné.

— Moi, c'est pareil.

— Où es-tu blessé toi?

— J'ai rien que des égratignures, mais je saigne de partout. On aurait dit que les balles faisaient juste m'effleurer.

— Des caresses?

Ils rient tout bas. Sur le trottoir, les vainqueurs des bas-fonds leur lancent des patates pourries.

— Ils vont nous payer ça Beauchamp. Ils vont nous payer ça.

— Je me sens le coeur chaud quand je t'entends dire ça. Quand Papineau parlait, c'était comme ça tout le temps. C'était comme une fièvre du printemps tout le temps. C'était comme une chaleur tout le temps.

— Il va peut-être convaincre les États-Unis de venir nous aider.

— Ça, ça m'étonnerait. On s'est battu en 1812 pour continuer d'être une colonie anglaise. Quand on y pense, c'est effrayant.

— Pas aussi effrayant que le mandement de l'évêque. Pas de sépulture chrétienne pour ceux qui sont morts les armes à la main.

— Dieu reconnaîtra les siens : t'inquiète pas de ça. Comme si se révolter contre l'injustice, c'était se révolter contre Dieu lui-même. C'est comme s'ils disaient que Dieu est injuste. Moi, j'ai une meilleure idée de Lui que ça.

— Moi aussi. Ça m'inquiète pas pour moi ni pour toi. Ça m'inquiète pour ceux qui restent. Pour les femmes des morts, les pères des morts, les enfants des morts. Ça fait humiliant. Les curés sont incroyables.

— Comme si la fidélité, c'était d'abord la fidélité au gouvernement. Ils font de la confusion d'esprit.

— Papineau s'est toujours méfié du clergé.

— Parce que le clergé pense d'abord à sauver le clergé. Pour pouvoir nous sauver ensuite. Vois-tu ?

— Continue à parler Beauchamp. Ça me sauve que tu parles. J'ai mal partout. Les maisons bougent de partout comme si tout avait le vertige autour de moi. Comprends-tu ça ?

— Prends-moi par le bras. À nous deux, on va se rendre. Si on tombe, ils vont se réjouir. Moi, je m'étais fait une règle pour savoir ce qui était bon pour moi. Je me disais : si tes pires ennemis sont contents, si tes ennemis se réjouissent d'une loi ou d'un projet, tu peux être sûr que c'est pas bon pour toi.

Beauchamp continuait de parler. Thibeault s'appuyait sur lui. Les chaînes faisaient ce bruit spécifique, ce bruit qu'ils n'oublieront pas. Longtemps après, ils n'auront qu'à s'arrêter un peu en marchant ou en parlant pour l'entendre encore.

Mal soignés, mal nourris, ils sont ensemble dans un cachot mal tenu, mal chauffé.

Quand les prisonniers sont portés à se désespérer, Beauchamp leur parle. Il leur fait des discours.

— On dirait Papineau !

Ils rient, mais ils se sentent mieux ensuite. Comme si rien n'était perdu.

— C'est une épreuve. On va passer à travers. Ils vont nous payer ça.

Les gardiens jouent aux cartes. Ce que les prisonniers peuvent dire les inquiète très peu. Ils ont leurs propres conversations privées. Il y en a un qui fait partie du Doric Club.

— On a voté hier pour le fameux projet.

— Lequel ?

— Je t'en ai parlé.

— Tu veux dire...

— Oui. On va faire taire l'Orateur une fois pour toutes.

— Tu veux dire...

— Oui. Il a été mandaté par tout le club. Mais je ne peux pas te dire son nom. C'est une société presque secrète, le Doric Club. Et c'est un projet très secret.

— Il va ...

— Oui. Comme tu dis. En pleine bouche. On a voté pour qu'il frappe en pleine bouche. En plein milieu des discours triomphants.

— Je ne peux pas croire que...

— Tu peux le croire parce que ça va se faire.

— La police américaine...

— Cesse de dire des mots comme ça. Il a son adresse. Il paraît que le soir, ils se promènent dans les rues noires, O'Callaghan et lui. Comprends-tu ? Ni vu ni connu et on cesse de croire à Papineau. Il n'a jamais existé. On fait le ménage des cachots et on recommence.

— On recommence quoi ?

— On continue de faire de l'ordre dans le pays, je veux dire.

— On peut quand même pas...

— Oui on peut. Quand on veut on peut. Ta mère a dû te dire ça quand tu était petit.

— Ça me paraît...

— Non non! C'est normal. Qui c'est qui a gagné aux Plaines d'Abraham?

— C'est pas moi personnellement.

— On dirait que tu doutes de tes droits. C'est la dernière chose à faire : douter de ses droits sacrés.

— Il faudrait peut-être les faire manger, les prisonniers.

— Finis ta brasse. C'est du gibier de potence.

— Tu veux dire...

— Moi, si j'étais le juge, j'hésiterais pas. Comme dit Adam Thom : je garnirais tous les arbres du Mont-Royal de patriotes pendus.

— Tu me donnes mal au coeur. C'est pas des bandits.

— Moi, je m'entends mieux avec les bandits. Tu peux comprendre un bandit. Tu sais ce qu'il veut, un bandit. Ces genres-là, tu les écoutes parler, tu veux pas le croire. Tu penses que t'entends mal.

La nourriture est froide et mauvaise. Les prisonniers vomissent et le mal de ventre les fait se ramasser comme des foetus.

— Dormir, ça nous sauverait.

— Il fait froid. On n'arrive pas à se faire de la chaleur. Parle, Beauchamp. Fais comme Papineau. Imite Papineau.

Le jeu les ranime. De grelotter leur fait le rire un peu faux, un peu manqué.

Beauchamp a des pansements partout. D'un rose sale ici et là. Il s'est levé. Les yeux fermés, il cherche à se mettre dans la peau de Papineau. Ouvrir les yeux et voir ce qu'il voit : un auditoire qui tremble de froid et de misère. Si Papineau voyait ça pour vrai. S'il lui avait été donné de voir ce que je vois, je me demande s'il aurait dit ce qu'il a dit.

Beauchamp avait pris la pose. Les autres prisonniers, installés comme ils pouvaient pour ne pas trop souffrir, avaient fait un silence total. Beauchamp était ému. Papineau ne tremblait pas : moi non plus.

— Il faut considérer les principes par-dessus tout. Nous luttons contre un système colonial qui, tel qu'il nous est expliqué par Lord Glenelg, contient dans son essence les germes de tous les genres de corruption et de désordre. Nous sommes appelés à défendre la cause et les droits des colonies anglaises. Le même genre malfaisant qui jeta les anciennes colonies dans les voies d'une juste et glorieuse résistance préside à nos destinées.

Beauchamp les regardait l'écouter, les regardait sourire comme si leur résistance avait été glorieuse. Elle aurait dû être glorieuse.

— Pouvait-on imaginer un plan plus défectueux que celui d'envoyer trois commissaires qui ne s'étaient jamais vus et avec des communications, des correspondances secrètes?

Beauchamp ne savait plus ce qu'avait continué de dire Papineau. Un grand trou de mémoire. Mais à imiter Papineau, il s'était senti devenir Papineau.

— Continue Beauchamp. Continue. Ça me sauve. Continue.

— C'est moi, Papineau. Je suis ici avec vous aujourd'hui. C'est vrai que je suis parti pour Albany. C'est vrai. Mais je ne vous ai pas abandonnés. Mon esprit est ici. Vous pensez que c'est Beauchamp qui vous parle, c'est moi. Vous pensez que votre résistance n'a pas été glorieuse? Elle a été plus belle que ça encore. Il faut se battre contre l'injustice parce qu'autrement, l'injustice nous étouffe. Si on accepte l'injustice, même une petite injustice, on met toute la justice en danger.

Beauchamp prenait la pose, l'air de Papineau. Mais il se sentait toujours à court d'idée. Toi, Papineau, ta parole était une parole de source. Fraîche comme une eau qui mire le ciel. C'est ma mère qui disait ça de toi : quand il parle, c'est comme une eau de source.

Les prisonniers s'étaient détendus. Ils ne tremblaient plus, ne souffraient plus. Beauchamp avait fermé les yeux un peu, comme s'il avait une chose glorieuse à dire. Et pourtant, il ne lui venait rien. Papineau, dis-moi quoi dire. Qu'est-ce que tu leur dirais, toi, si tu étais ici à ma place?

— Vous êtes dans la souffrance, mais c'est une épreuve que vous passez. À l'avenir, vous saurez que vous êtes capable de vous battre contre l'injustice. Il faut à l'avenir vous exercer tous les jours à vous battre contre les petites injustices. Tous les jours. Autrement, vous allez rouiller et quand viendront les grandes injustices vous ne serez plus capables : vous serez rouillés.

Beauchamp se disait que Papineau aurait dit autre chose. Tellement mieux Papineau. Je ne suis pas doué, je ne suis pas orateur moi. Des larmes lui coulaient sur les joues. Il se serait écroulé en pleurant de fatigue et de découragement. Qu'est-ce que je peux faire ? Tu pleures Papineau ?

— Je pleure sur la patrie. Comme vous. Et je suis avec vous. Mais le malheur finira. Vous serez des héros pour vos descendants. La gloire n'est pas toujours dans la victoire et le triomphe. C'est tellement plus difficile d'avoir été défaits après s'être bien battus. Ce qui est important, c'est de continuer de se battre. Tous les jours. L'heure viendra où la patrie sera sauvée. Où la patrie sera libre et belle sous le soleil du printemps. Elle sera belle même les jours de tempête. Pour ceux qui sont nés ici, le pays est beau. Ça prend des étrangers pour parler contre la beauté du pays.

Les prisonniers étaient comme éblouis et Beauchamp commençait à se demander ce qu'il pouvait bien leur dire de si beau. C'est pourtant pas du Papineau que je leur dis là. C'est parce qu'ils te voient Papineau. Ils me regardent et c'est toi qu'ils voient. Je peux leur dire n'importe quoi.

L'idée lui était venue de leur jouer un tour. L'idée de se faire l'avocat du diable. Juste pour voir. Je vais me mettre dans la peau du gouverneur Gosford. Je ne l'ai jamais entendu parler, mais j'ai lu ses mandements. Qu'est-ce que je pourrais leur dire ?

Les prisonniers continuaient de le regarder.

— Je fais appel à vous : à ceux qui ont été séduits et leur demande d'écouter le langage de la raison. Le langage de la sincérité et de la vérité.

Ils avaient bougé, s'étaient lamentés.

— Écoutez les exhortations de votre clergé si respectable et si digne de confiance. Écoutez les représentations de ces propriétaires dignes et loyaux dont les intérêts sont identifiés avec les vôtres et dont la prospérité comme la vôtre dépend de la tranquillité intérieur de cette province. Soyez assurés qu'un gouvernement puissant et miséricordieux, plus désireux d'oublier que de ressentir les injures, vous pardonnera de vous être battus.

— Beauchamp !

Ils s'étaient redressés, s'étaient levés, avaient ri. Comme avant.

Ils riaient encore quand le gardien vint leur porter de l'eau.

— Qu'est-ce qu'il y a de drôle, pouvez-vous me le dire ? C'est tout ce que vous avez : de l'eau. Un gros repas par jour, c'est assez pour des rebelles, des traîtres.

Ils riaient de si bon coeur que le gardien se mit à trembler. Comme si tant d'illogisme devait cacher quelque chose de dangereux.

La nuit, le froid empirait. Ils se collaient comme des chats pour se faire de la chaleur.

— J'ai froid Beauchamp. Parle un peu pour nous réchauffer. Dis-nous encore quelque chose. Tu peux rester couché. Fais-nous Papineau couché.

— Fais-nous Papineau qui rêve.

— Qui rêve la nuit ou qui rêve le jour ?

Fais-nous Papineau qui rêve le jour. Ça va être plus chaud.

Beauchamp sentit une voix parler en lui. Comme un souffle doux, chaud, un souffle ami.

— Plus tard, vous vous souviendrez de vos nuits de cachot et elles vous paraîtront infiniment douces, infiniment bonnes. Vous vous direz : nous n'avions rien pour être heureux. Nous nous sentions trahis, abandonnés.

— Moi, dans le moment, je me sens pas abandonné. C'est fini. Je me sens pas trompé non plus.

— Moi non plus Beauchamp. Dis à Papineau qu'on se sent aimés et soutenus.

Beauchamp s'endormait. Une chaleur animale, une chaleur humaine.

76

— Plus tard, vous raconterez à vos petits enfants que vous vous êtes fait de la chaleur vous-mêmes. De rien. Comme la création de Dieu. Sans feu, sans fourrures, sans couvertures. À partir de rien. On n'avait rien pour être heureux et pourtant, on était heureux.

9

UNE TENTATIVE D'ASSASSINAT

Papineau reçoit de partout des nouvelles contradictoires. Le Comté des Deux-Montagnes est plein d'agitation. Les patriotes ne sont pas disciplinés.

Et on leur cache la vérité : on leur invente une victoire de Saint-Charles, on leur annonce l'approche d'une irrésistible armée de délivrance.

Papineau sait depuis longtemps que sa tête est mise à prix. Quand il sort le soir avec O'Callghan, les rues noires sont toutes propices à l'assassinat.

Julie lui dit de se méfier. Il paraît que Lactance a eu des rêves qui ressemblent à des songes. C'est Julie elle-même qui a employé le mot dans la lettre qu'elle a réussi à lui faire parvenir.

« Tu sais que Lactance est très sensible. Il n'a jamais beaucoup parlé. Nous n'avons jamais su comment le prendre, ni l'un ni l'autre. Il m'est revenu malade du collège : en toute hâte. On ne devrait pas se mettre dans un pareil état pour un rêve. Il voulait t'écrire lui-même, il n'a pas pu. La peur lui paralysait les mains et une partie des bras. Je lui ai juré de te faire part de son rêve : il en est malade, je te l'ai dit. Je te l'écris, comme il me l'a dicté : J'ai vu mon père et Monsieur O'Callaghan si clairement que je me suis dit : ça ne peut pas être un rêve, il faut que ce soit vrai que je les vois. J'ai même vu une petite coupure que mon père s'était faite avec son rasoir sur la joue droite. Mon père et Monsieur O'Callaghan marchaient très doucement près d'un bois. Ils causaient en se tenant un peu penchés l'un vers l'autre. Ils discutaient. Mon père ne semblait pas d'accord avec ce que disait Monsieur O'Callaghan. J'ai vu deux hommes sortir du bois. Je les ai vus si clairement que je les reconnaîtrais si je les voyais. Il y en a un qui avait un manteau noir à mi-cuisse et un foulard vert-foncé. Sa tuque était rayée rouge et vert ou rouge et noir. L'autre avait un gros chandail noir avec des motifs dans le bas : les motifs ressemblaient à des sapins de deux tons de vert. Il n'avait rien sur la tête, celui-là : j'ai donc pu voir ses cheveux roux qui lui tombaient jusque dans les yeux. Je te dis tout ça pour que tu les reconnaisses si tu les vois. J'ai vu le visage de l'homme roux tellement bien que je pourrais te le dessiner si je n'avais pas ces crampes dans les mains. Je peux te dire qu'il avait une moustache rousse presque blonde et très mince. Il lui manquait un coin de dent en avant. Je n'ai pas vu le visage de l'autre mais je sais qu'il boîtait un peu. Je les ai vus très clairement sauter sur toi. J'ai vu luire un couteau, même s'il ne faisait pas très clair. Méfie-toi. J'ai crié. Je me suis réveillé en sueur. Ils m'ont dit au collège que c'était un cauchemar et que la meilleure chose à faire était de l'oublier mais les crampes m'ont pris aux mains et aux bras parce que c'était trop clair. C'était comme un avertissement du ciel. Ils m'ont envoyé rejoindre maman et les filles pour quelques jours. J'espère que tu recevras la lettre à temps.

Lactance me presse d'envoyer la lettre. Qu'il y ait des gens qui t'en veulent assez pour vouloir t'assassiner, c'est indéniable. Ils ont pourtant été chanceux de t'avoir pour les défendre des entreprises de l'Angleterre, du gouvernement local et des immigrants de mauvaise classe. Que Dieu te garde. Julie. »

Papineau avait reçu la visite d'un certain patriote l'après-midi même. Il portait un manteau noir à mi-cuisse, un foulard vert foncé et une tuque rayée rouge et vert.

O'Callaghan n'en revenait pas de la description qu'avait faite Lactance de Joseph Lebrun.

— Qu'est-ce qu'il t'a dit au juste quand il est allé te voir ?

C'est pour le moins étrange qu'il soit allé te voir s'il a envie de t'assassiner. Il me semble qu'il t'aurait plutôt attendu à un tournant sombre.

— On aurait dit qu'il ne savait pas quoi me dire. Il me donnait toutes sortes de nouvelles mêlées. Il répétait à tout moment : ils ont mis le feu partout. Ils vont mettre le feu à toute la région. Ensuite, il me regardait comme s'il avait quelque chose d'important à me dire, qu'il n'aurait pas su comment dire.

« Vous avez quelque chose à me dire, Monsieur Lebrun. Dites-le simplement. »

« Je suis venu vous dire ce qui se passe au pays : que vous vous rendiez bien compte de ce que vous avez fait.

« Je n'ai pas voulu ça. Vous le savez très bien. »

« Qui a voulu ça ? »

« Les autres. Nos ennemis. Ceux qui se réjouissent aujourd'hui. Ils sont faciles à reconnaître nos ennemis Lebrun : ils se réjouissent. Il y a des moments où on peut douter de la mauvaise foi de certaines personnes. Il y en a qui cachent bien leur jeu. Aujourd'hui, vous les reconnaîtrez à ceci Lebrun : ils se réjouissent. »

O'Callaghan avait pris le bras de Papineau. Ils approchaient des limites de la ville. Là où ils aimaient le mieux marcher. Le sentier longeait un petit bois de sapins. O'Callaghan avait eu un frisson.

— C'est le bois dont parle Lactance.

— Je n'ai jamais eu peur de rien. Le pauvre enfant est trop sensible. Je n'ai jamais su lui dire ce qu'il aurait voulu entendre. C'est un sentier calme. Continuons. C'est bien comme ça.

Mais O'Callaghan a touché subrepticement le couteau qu'il a dans sa poche. C'est lui qui se tient le plus près du bois.

— Il y a une chose qu'il faut que je te dise Papineau. L'homme roux de Lactance, je pense que je l'ai vu. Il s'est installé dans un petit hôtel près de ma chambre.

— Il y a beaucoup d'hommes roux dans le monde. C'est un Canadien ?

— Il a l'air Canadien.

— Vois-tu vraiment une différence entre un Canadien et un Américain?

— J'en vois plusieurs.

— Lesquelles? La façon de marcher, de s'habiller?

— La façon de marcher oui. On dirait que les Américains sont plus libres. Les Canadiens sont comme entravés. Et on dirait que les Canadiens ont quelque chose de taciturne, même quand ils rient.

— L'entrave et l'amertume sont peut-être dans tes yeux.

— Peut-être.

La noirceur venait. Il aurait mieux valu retourner mais Papineau semblait jouir de sa promenade plus que de raison. Au ciel, un mince croissant. Des odeurs de sapins et de terre mouillée qui montaient.

— Retournons Papineau.

— Allons jusqu'au bout. Es-tu pressé?

— Non, je ne suis pas pressé.

— Tu as pris le côté du bois O'Callaghan? Tu veux me protéger? Es-tu armé?

— Non, je ne suis pas armé.

— Menteur d'Irlandais.

— J'ai un couteau. Rien qu'un couteau.

— Penses-tu qu'on évite son destin?

— Oui. Je pense que si on est averti à temps, on évite le pire.

Papineau n'avait pas ri depuis longtemps. De s'entendre rire les reposait, leur redonnait confiance. Tout était encore possible. Il fallait vivre, continuer de lutter, ne jamais céder à la désespérance.

L'assaut avait été si brusque que le rire s'était coupé net avec un son de bois mort.

O'Callaghan s'était élancé sur les deux hommes à la fois, les avait pris dans ses bras pour les cogner l'un sur l'autre.

Papineau l'avait relayé pendant que son ami reprenait son équilibre. Ensuite, ils se sont battus deux à deux. C'est le roux qui était le plus enragé. Papineau avait réussi à lui tordre le poignet pour lui faire lâcher le couteau. Il était tombé au milieu du sentier et luisait doucement : Papineau vit Lactance tout en sueur.

O'Callaghan était grand, maigre et fort. Il trouvait le temps de regarder où en était Papineau avec son roux. Lebrun était aveuglé et saignait du nez. Il criait miséricorde.

O'Callaghan prit le temps de l'assommer un peu mieux et vint rejoindre Papineau.

— *Enough you.*

Le roux avait voulu s'enfuir, mais il l'avait attrapé par les oreilles.

— Ici. Viens rejoindre ton complice. Viens, viens.

Papineau avait l'oeil qui enflait, la lèvre qui battait. O'Callaghan avait une coupure au front qui lui donnait un air de fin du monde.

— Ici tous les deux. À genoux, les mains sur la nuque. Qui vous paie ?

C'est Lebrun qui répondit le premier.

— On n'est pas ensemble. Je veux dire, on n'était pas ensemble. Mais comme on avait la même mission, on a décidé de venir ensemble.

— La même mission ! Où vous êtes-vous rencontrés ?

— Ici, dans le bois. Je l'ai vu qui vous guettait. Il a eu peur parce que vous étiez deux. On s'est vus et on s'est compris à mi-mots. Il m'a dit qu'on avait tout intérêt à faire ça ensemble.

— Faire ça ensemble ! Et tu as compris ça, je veux dire : tu as accepté ça. T'acoquiner avec ce roux-là pour tuer ton grand homme ?

— Un grand homme responsable de tout ce qui arrive : il mérite la mort.

Papineau secouait ses vêtements. Il dira aux Porter qu'il a trébuché. L'excuse lui paraît mauvaise. La vérité lui paraît odieuse. Je ne suis pas un lépreux : je me sens devenir lépreux : indésirable. Comme si j'attirais le malheur. Il secouait ses manches l'une après l'autre. Il se sentait les jambes mouillées, les pieds glacés.

Le roux cherchait toujours à se sauver. À plusieurs reprises, O'Callaghan le ramena par les oreilles.

— Je veux tout savoir. Qu'est-ce que vous avez comme raison précise ? On ne tue pas quelqu'un sans raison ?

Le roux en voulant partir encore une fois s'était attiré un coup sur le nez. Il saignait lui aussi.

— La vérité ! Qu'est-ce que tes amis du Doric Club ont donné comme raison ?

— On a tiré au sort : mon nom est sorti. Tout ce que je sais, c'est ce que je devais rapporter la tête de Papineau dans un sac spécial. Comme un trophée. Ils m'ont dit : la tête de Papineau, c'est la tête de tout le serpent. Enlève la tête, c'est fini.

— Et toi Lebrun ? Quelle est la raison précise que tu peux nous donner ? Un patriote qui s'attaque à Papineau !

— Papineau nous a trahis. C'est ce qu'ils disaient là-bas.

— Tu voulais rapporter la tête dans un sac toi aussi ?

Lebrun avait levé le coeur.

— Je saigne du nez, c'est terrible. Je vais mourir au bout de mon sang si ça continue.

— Tu veux que je te soigne ?

— Non. Laissez-moi partir. Je vais me soigner tout seul.

— Comme ça ? On te laisserait partir comme ça ? Après une tentative d'assassinat ?

— C'est rien, comparé à ce qu'il a fait lui, Papineau.

Un oiseau avait crié : un cri presque humain et ils avaient frémi. Papineau sentait la peine et le malheur monter de ses jambes.

— Papineau lui, c'est une tentative d'assassinat de tout le pays qu'il a faite.

— Qui dit ça ? Toi ?

C'est O'Callaghan qui l'a demandé. Papineau n'aurait rien dit. Il se serait tu. Il se tait.

— Tout le monde dit ça. Le monde entier : et pas seulement les patriotes, pas surtout les patriotes. Les loyalistes sont les plus enragés. Ils n'ont rien fait, ils n'ont pas pris les armes, rien. Et ils subissent le châtiment comme les autres.

— Ils n'ont rien fait justement. Un péché d'omission, c'est aussi grave qu'un péché d'action. À mon avis c'est plus grave.

O'Callaghan se demandait ce qu'il était en train de dire.

— Les autres de l'autre côté, c'est encore pire. J'ai quelqu'un qui me tient au courant, c'est pour ça que je le sais. Je sais tout ce qui se passe au Doric Club et je sais ce qui se passe chez les banquiers, les commerçants et chez le gouverneur. Ils vont tous venir pour tuer Papineau. Vous êtes mieux de vous organiser avec des armes plus puissantes que des couteaux. Nous deux, on faisait amateurs : les autres ils vont vous avoir. Pour le Doric Club, c'était une sorte de jeu.

— Un jeu sinistre. La tête de Papineau dans un sac !

Le roux avait mérité un autre coup de poing. Il avait crié.

— Maudit Papineau ! C'est lui qui a tout fait. Moi, je suis parti de là-bas, d'Angleterre pour venir m'installer au Canada. Je pensais que je m'enrichirais, que je serais tranquille. Vous n'avez pas de droits, vous avez perdu la guerre. Vous n'avez qu'à prendre ce qu'on vous donne. Vous n'avez qu'à nous remercier de ce qu'on a la bonté de vous donner. C'est un pays anglais ! On aurait dû tous vous tuer en 1760. On est toujours trop bon.

O'Callaghan l'aurait tué. Il se mit à respirer lentement, régulièrement. Il se mit à s'aérer l'esprit. Il se mit à penser au printemps qui allait venir et à la civilisation qu'il faudrait instaurer au Canada.

— Je n'ai pas l'intention de discuter avec toi. Tu es trop borné. J'ai l'intention de te faire arrêter par la police américaine. Toi aussi Lebrun. Vous finirez vos jours au cachot ou bien sur la potence, qui sait.

— Non.

Il les avait rattrapé tous les deux, les tenait à la gorge. Papineau se taisait. L'Orateur se tait. Après avoir tant parlé, après s'être entêté à avoir raison.

La Fontaine m'a quitté : j'ai continué d'avoir raison. Mais j'ai senti que je m'avançais en terrain découvert, en terrain brûlé par la déraison. J'ai senti la brûlure et les têtes qui s'échauffaient. Qu'est-ce que je pourrais encore dire à ces deux-là qui viennent m'assassiner ? Que je continue de penser que j'ai eu raison ? À Lebrun, je pourrais dire que j'aurais aimé mourir à

Saint-Denis ou à Saint-Charles. J'ai su qu'à Saint-Eustache, le docteur Chénier avait envie de mourir pour la patrie. À lui on dirait en vain de sauver sa précieuse vie. C'est un irréfléchi. Qu'est-ce que je pourrais leur dire aux patriotes de Saint-Eustache et d'ailleurs ? Il faut se terrer désormais ? Il faut laisser sauter les têtes. Il faut manger les coups sans rien dire, sans rien faire ?

Je sais que j'ai eu raison : une raison désarmée c'est une déraison. C'est maintenant que je le sais. La raison désarmée ne fait pas le poids. J'ai vu Saint-Charles, moi, Papineau, quelques jours avant la bataille. Je n'ai rien dit. Ils voulaient que je leur dise quelque chose : un conseil, un avis, quelque chose. Quand j'ai vu les pauvres retranchements, les patriotes sans discipline, presque sans armes, presque sans provisions, je me suis senti devenir muet. Comme celui de la bible et pour la même raison : le doute rend muet, c'est comme ça.

La patrie sera réduite à la raison : à la raison des plus forts.

Si c'était à refaire, te rendrais-tu aux raisons de La Fontaine, d'Étienne Parent et des autres ? Papineau, réponds !

Tu ne voyais pas plus loin que leur lâcheté. Tu aurais peut-être dû voir leur sagesse.

Orgueilleux ! Ton esprit, ton éloquence, ta raison ! Tous tes discours comme des évidences. C'était flagrant : il fallait se battre pour la patrie. Indubitable.

Les discours de Papineau comme preuves irréfutables.

À Saint-Charles, Brown m'a demandé conseil mais il me sentait surclassé. Et il était content de lui. Comment pouvait-il être content de lui ? Il me poussait à partir, lui aussi, comme Nelson. Allez-vous en Papineau.

O'Callaghan avait continué de les faire parler, de les ramener quand ils tentaient de s'enfuir. Ensuite, il se sentit fatigué, écoeuré.

— Qu'est-ce qu'on fait d'eux, Papineau ?

Mais Papineau se taisait.

O'Callaghan leur avait laissé une chance de se sauver. Ils en avaient profité.

— On aurait peut-être dû les amener à la police américaine.

O'Callaghan avait pris le bras de Papineau. Ils longeaient encore le bois de sapins. C'était la nuit noire. Le mince croissant avait disparu.

10

ENCORE UNE LETTRE DE JULIE

Les Porter sont couchés. Papineau est entré sans faire de bruit. Il essaie de nettoyer ses vêtements : des taches de boue et d'herbe.

Tu n'as jamais eu peur de rien, Papineau. La justice a toujours parlé par ta bouche. Récite tes litanies, Papineau.

C'est l'heure de la nuit où même les plus forts, même les plus orgueilleux se sentent plier, se sentent céder.

Ils pensent que je suis parti du pays. Ils pensent que je ne suis plus là. Comme si je ne faisais pas partie d'eux désormais. Je suis leur fièvre, leur ardeur. Celle qui dure, se transforme en lumière au petit jour.

J'étais sûr d'avoir fait ce qu'il fallait faire. On réussit toujours à faire ce qu'on n'a pas voulu faire.

Tu déchantes Papineau ? Mais c'est le petit matin et les oiseaux chantent à Albany.

Un jour, je serai mort. Après m'être retiré à la Petite Nation pendant de longues années, je mourrai. Sourd et découragé peut-être. Les mains déformées par le rhumatisme et la voix complètement éteinte.

Il essaie de se voir mort, complètement mort. Il garde l'angoisse qui lui vient. Une vision de ses assaillants mais il l'efface. Sans importance. Ils ne savent pas eux que je suis immortel. Le soleil se lève déjà et il entend les Porter descendre à la salle à manger. D'habitude, c'est lui, Papineau, le premier levé. Aujourd'hui, il ne sait plus s'il doit chanter ou déchanter. Le jour est si beau !

Mais tu ne crois plus en ton éloquence, Papineau.

La main sur la gorge, prononce des phrases de discours. Pour sentir vibrer les cordes vocales. Un orateur qui perdrait la voix, qu'est-ce qui resterait de lui ?

Je saurais parler encore.

Tu te sens encore porteur de délire Papineau ? Tu saurais encore porter le délire partout. Tes discours étaient pourtant beaux et clairs. Qui a parlé de confusion et de fièvre ? Le porteur de germes s'en va quand le mal est fait. La contagion court encore. Comme le choléra. Une épidémie de confusions et de malheurs.

Quand je suis allé voir Brown à Saint-Charles, il m'en a voulu de ne pas le féliciter. Comment ne voyait-il pas l'insuffisance de tout ça ? La vulnérabilité de sa position. Je le voyais penser : ses pensées se faisaient jour en moi.

« Il se tait Papineau. Aucun commentaire. Rien. Il n'a pas trouvé ça assez bien peut-être. Je l'aurais battu. Je l'aurais tué. Je tiens à ce qu'il soit à l'abri de mes coups. C'est mieux qu'il s'en aille loin de moi : je l'aurais battu à mort : l'Orateur, la grande gueule.

Je suis resté silencieux. Personne ne saura jamais rien de ce que j'ai pensé de lui quand il a visité mes retranchements sans rien dire. J'ai fait ressortir que notre grand Papineau devait être à l'abri. Je n'arrive pas à le balayer de mon esprit. Je l'ai là, dans la tête, dans les oreilles surtout : même s'il n'a rien dit. Je l'ai même dans la bouche. J'ai ses mots qui se forment sur mes lèvres quand je parle aux patriotes. Il me dérange. Il me regarde faire sans rien dire. Un Orateur qui se tait, c'est effrayant. On ne sait pas ce qui nous arrive, ce qui va nous arriver.

Moi, je lui dis de fermer sa grande gueule et pourtant il n'a rien dit. Il ne m'a rien dit. Une calamité. On dirait que même quand il n'ouvre pas la bouche, il continue de parler. Il parle en nous. On dirait qu'il se parle à travers nous. Je me sens possédé. *Damned* Papineau ! Il est pourtant parti.

90

La bataille est perdue. Je leur ai dit que j'allais chercher du renfort. Quel renfort ? *Damned* Papineau ! Tout était perdu quand je suis parti mais je n'aurais pas dû partir. Un commandant ne devrait pas aller lui-même chercher du renfort.

Ils ne m'ont pas cru, les patriotes, je le sais. Ils ont su que je me sauvais. Tout a brûlé. Le malheur semé a poussé en arbres noirs, en ruines qui fument. *Damned* Papineau !

J'ai la tête brûlée moi aussi. Tous les patriotes sont des têtes brûlées. *Damned* Papineau ! C'est toi le grand brûlot, personne d'autre que toi. Les mots que tu nous lançais aux assemblées n'étaient que des dards enflammés. Tous ceux qui t'écoutaient avaient la tête brûlée irrémédiablement. Qu'est-ce que je faisais là, à t'écouter ? Je ne suis pas français moi. Les français seraient bien plutôt mes ennemis héréditaires. Qu'est-ce que j'avais à t'écouter, à me laisser brûler ? Les bureaucrates aussi sont mes ennemis héréditaires. Rien que des ennemis partout. Je suis parti pour chercher des renforts parce que je le savais que c'était perdu. Mais quels renforts ? Pas de renforts nulle part.

Rien que des ennemis partout. C'est ce qu'on fait avec ce qu'on a qui compte, Papineau. Tu aurais pu te forcer un peu et dire que j'avais bien travaillé, que Saint-Charles était bien défendu. Prophète de malheur Papineau ! En ne disant rien, tu nous infligeais la défaite. Je l'ai su et toi aussi. Les prophètes qui se taisent sont pires que les autres. Tout ce qu'ils ne disent pas et que pourtant ils pourraient dire. Ils te font sentir qu'ils se retiennent de parler.

Il aurait été temps encore de renvoyer tout le monde chez eux. Je leur aurais dit : retournez chez vous, c'est la meilleure chose à faire, c'est la meilleure façon de défendre vos vies, vos biens et par conséquent la patrie. Je leur aurais dit ça, ils auraient été surpris. Je me demande s'ils m'auraient cru. Je me demande s'ils m'auraient seulement écouté.

Il aurait fallu que je leur dise en toutes lettres : c'est Papineau qui vous dit de retourner chez vous. Là, ils m'auraient cru. Il n'y aurait pas eu de bataille à Saint-Charles. Ils ne m'auraient pas cru, moi. Ils seraient restés là, prêts à se faire tuer pour la patrie. Ils auraient peut-être dit : maudit Anglais ! On ne pouvait s'attendre à rien d'autre d'un maudit Anglais :

déformer les mots de Papineau. Ils m'ont pourtant choisi pour les commander. Moi et personne d'autre.

Le vin était tiré, il fallait le boire. C'est toi qui avais tiré ce vin-là Papineau. Le vin qui brûle. On était tous voués à la mort en partant.

Quand j'ai fui Saint-Charles, je me suis dit que si je ne partais pas, je perdrais connaissance. Je suis parti perdre connaissance ailleurs. Je cédais de partout : ma dent de sagesse élançait jusqu'à l'oreille. L'orbite gauche me faisait si mal que j'avais la mémoire d'un oeil disparu : j'avais froid jusqu'au coeur. J'aurais voulu galoper plus vite, je collais à la route. Il fallait pourtant que je me rende quelque part. J'aurais voulu un grand trou pour me reposer. Un grand trou à l'abri des regards. Cessez de me regarder tout le monde. Papineau, cesse de te taire, tu m'assourdis. Tu me pèses sur le coeur Papineau. Je t'ai sur le coeur. Je n'avance pas et pourtant mon cheval est au galop. On dirait que je les traîne tous derrière moi, les patriotes de Saint-Charles. Je les ai tous sur le coeur.

Les effectifs étaient insuffisants. Je le savais. Mais quand je t'ai entendu te taire, je n'ai plus été capable de me le cacher. Comme si tu me l'avais crié et toutes mes anciennes blessures ont vibré. Mon oeil a vibré lui aussi : celui que j'ai perdu dans la bagarre avec le Doric Club. Comme s'il m'avait crié : tu n'es pas un général, Brown ! Lui non plus, moi non plus. L'orbite me faisait tellement mal. Maudit Papineau ! »

Les Porter se sont demandé si Papineau était malade.

— Je sais qu'il est rentré très tard de sa promenade. C'était au coeur de la nuit.

— Il faudrait peut-être lui porter la lettre de sa femme.

— Ils devraient venir s'établir aux États-Unis. Comment veux-tu espérer quelque chose du gouvernement anglais ? Ce n'est pas une question de langue. Nous n'obtenions pas ce que nous voulions nous non plus.

— S'ils deviennent Américains, ils cesseront de parler français.

— Je ne vois pas pourquoi ce serait si grave. Gilbert, en revenant de France m'a bien dit que les Français ne comprennent rien à leur fidélité. Ils n'ont aucune sympathie pour leur folie. C'est le mot dont s'est servi Gilbert.

Papineau descendait le grand escalier. De s'être mis dans la peau de Brown l'avait laissé plein de vibrations douloureuses.

Les Porter l'avaient laissé seul. Il déjeunait : la lettre de Julie à côté de lui.

Il l'avait longtemps regardée sans l'ouvrir. Ses vêtements restaient un peu tachés, malgré tous ses efforts. Madame Porter avait dû tout voir d'un seul coup d'oeil. Elle n'avait rien dit. Papineau se sentait à charge et misérable.

L'écriture de Julie était plus inégale que d'habitude. Plus pointue. On aurait dit autant de griffes. Elle lui donne des nouvelles de tous les enfants, consciencieusement. Sans même s'attarder sur Lactance. Et pourtant Papineau relit trois fois ce qu'elle dit de lui.

« Lactance aussi s'occupe de politique, comme Amédée, mais pas de la même façon. Il se prend pour la patrie. Il se prend pour la révolution. Il se prend surtout pour toi et souffre de tout. Quand il a lu le mandement du gouverneur Gosford, il m'a dit que le gouverneur le narguait personnellement. Qu'on t'accuse de haute trahison le rend fou. Je ne t'ai pas dit qu'il se prenait pour un prophète : aussi pour un prophète. Il fait des songes et les interprète lui-même. »

Papineau avait pris le temps de respirer lentement avant de continuer. Une lassitude presque douce par tout le corps. Par la fenêtre de la salle à dîner, il voit un grand orme, un peu de neige sur la pelouse et du ciel gris à travers les branches de l'arbre. Julie parle du mandement de Gosford. Papineau revoit le sourire à fossettes. On aurait pu être amis, en d'autres temps, d'autres circonstances.

« Je ne souris pas de contentement Papineau, j'essaie de profiter de ce tête-à-tête qui nous est encore donné. »

Je me demande s'ils ont essayé de l'assassiner lui aussi. Il m'en avait parlé. Il y croyait sans y croire. On se croit immortel au fond. On ne croit peut-être jamais vraiment à sa propre mort. Il est allé jusqu'à me dire que les modérés aussi voulaient m'assassiner, tout modérés qu'ils sont.

« Les modérés ont peur de vous Papineau. J'ai entendu des gens sensés, calmes, dire qu'il valait mieux qu'un seul homme meure pour que les autres soient sauvés. Si je vous disais qu'ils sont venus me faire une proposition : ils vous auraient livré vous, pieds et poings liés. »

Je ne l'ai pas cru. Il savait que je ne le croyais pas. Il le disait en souriant un peu comme si la chose avait été possible. Son gouvernement ne l'a pas encore rappelé. Il va essayer de sévir doucement.

Julie rapporte presque textuellement le mandemant de Gosford.

« Écoutez les représentations de ces propriétaires dignes et loyaux dont les intérêts sont identifiés avec les vôtres et dont la prospérité comme la vôtre dépend de la tranquillité intérieure de cette province. »

Papineau voyait encore Gosford manger délicatement, sa fourchette pointée vers l'assiette.

« . . . le parti que je considère comme le seul parti anglais décent, le parti des marchands, des propriétaires terriens, des banquiers, ce parti-là vous craint autant que la ruine. Vous êtes celui par qui la ruine peut arriver. »

L'écriture de Julie devient presque illisible. Papineau se prend à embrasser la lettre, se prend à désirer Julie comme il ne l'a jamais désirée. J'étais loin d'elle tellement souvent. Mon exil dure. Et pourtant, il ne fait que commencer, je le sais.

Gosford fait appel à la raison de ceux qui ont été séduits. C'est à moi qu'il pense en le disant.

« Pourtant j'avais raison Gosford. »

« Quand on a raison, Papineau, il faut utiliser le langage de la raison. »

« Pour vous Gosford, le langage de la raison, c'est le langage de la soumission. Quand vous dites aux patriotes d'écouter le langage de la raison, vous leur dites : soumettez-vous. »

« Le langage de la raison, ça ne peut pas être le langage que vous avez tenu aux assemblées de comtés. »

« Pour vous, le langage de la raison, c'est le langage de la raison du plus fort ? »

« La raison, c'est la raison ! Papineau. La raison n'est pas multiple. »

« Et le langage de la sincérité dont vous parlez, qu'est-ce que ça peut bien vouloir dire : la sincérité de qui ? La vôtre ? Et le langage de la vérité ? De quoi s'agit-il ? Le gouverneur et ses amis ont-ils l'intention de se conduire mieux qu'avant la révolution ?

« Vous avez induit les patriotes en erreur Papineau. Vous les avez trompés. Vous leur avez menti. »

« Et si c'était vous qui mentiez. »

« La raison droite peut-elle mentir ? »

« Nous sommes seuls ici Gosford. Ne faites pas semblant d'y croire. Si vous n'aviez pas été le gouverneur anglais, vous auriez été avec nous. Essayez seulement de vous imaginer ça : la couronne vous laisse toute latitude. Votre mission en est une de justice, votre mandat ne comporte aucune restriction. La Chambre d'Assemblée vote les quatre-vingt-douze résolutions. Qu'est-ce que vous faites vous ? »

Gosford sourit dans la vision de Papineau.

« J'aurais sans doute tout accordé Papineau. Vous le savez bien. »

Papineau restait là à déchiffrer l'écriture griffue de Julie. Il restait là à regarder l'orme et la pelouse de moins en moins blanche à mesure que le soleil montait.

Julie proteste contre les mots dont se sert le gouverneur. Elle s'indigne et Papineau caresse les lettres éparpillées.

« Vous Papineau, c'est de mots dangereux que vous vous êtes servi. Quand on est faible et conquis, il y a des mots dont il ne faut pas se servir. C'est de la haute trahison de se servir de certains mots. Ces mots-là vous les connaissez tous Papineau. Des mots néfastes si on y pense bien, des mots qui sont en eux-mêmes des calamités. On ne les prononce jamais impunément. Seuls les forts et les conquérants peuvent se permettre de les prononcer sans être brisés par eux. Les patriotes auraient mieux fait de se boucher les oreilles. Ces mots-là ne leur convenaient pas.

Ils n'étaient pas faits pour eux. Les patriotes étaient-ils seulement des hommes de loi ? Des illettrés souvent. Qu'avaient-ils à faire de quatre-vingt-douze résolutions ? Ils n'auraient jamais rien su de ces droits qui selon vous auraient été brimés si vous Papineau ne leur en aviez jamais rien dit. Ils n'y comprenaient rien à ces quatre-vingt-douze résolutions. Au fond, ils vous croyaient sur parole. Vous avez fait pire que les induire en erreur, Papineau : vous les avez induits en vérités inutiles, en vérités néfastes et inconvenantes. Qu'avaient-ils besoin de savoir, ces illettrés, ces pauvres habitants, que le gouverneur outrepassait ses droits, que les bureaucrates profitaient de leurs postes pour s'enrichir ? Ce qu'on ne sait pas ne nous fait pas de mal. Jusqu'ici, ils avaient observé la loi. Toutes les vérités ne sont pas bonnes à dire, Papineau. Regardez où vous en êtes, pauvres fous : avec vos maisons brûlées, vos morts à enterrer, vos blessés à soigner et vos condamnés à pendre. Regardez où sont vos animaux et vos moissons. Où sont vos provisions ? Plus rien pour vivre. Plus rien pour seulement survivre. Dites donc à votre gouverneur que la vérité de Monsieur Papineau était utile et bonne à savoir. Elle n'était pas bonne à dire la vérité, Papineau. Regardez où ils en sont, où vous en êtes. »

Julie est épuisée, elle. Ses lettres se ressentent de cet épuisement. Papineau voudrait la réconforter. Ma forte Julie poutant qui me défend, qui nous défend, qui parle d'avenir malgré tout ce qu'on vit de malheurs.

Julie cite sainte Thérèse d'Avila qui dit que la vérité ne peut pas faire de tort aux enfants de Dieu et Papineau se prend à replier la lettre sans la finir.

Attendre un peu. Respirer un peu.

« Sainte Thérèse d'Avila a dit ça, Papineau ; elle ne pensait pas à ta vérité à toi. Tu ne pratiques même pas ta religion. Tout le monde le sait. Ton cousin Monseigneur Lartigue m'en a parlé. Il ne donnait pas cher de toi, ton cousin, si tu savais. Il aurait voulu effacer tout ce que tu disais. En face de moi, j'avais un homme prêt à effacer tes péchés. Papineau. Je pense qu'il t'aimait malgré tout. Il m'est arrivé de le penser. Le crois-tu ? »

Julie finit sa lettre en parlant un peu d'elle, de sa santé et de ses forces qui reviennent.

Papineau sait qu'elle est souffrante. Elle ne veut pas l'inquiéter. Il a assez de sujets de peine et d'inquiétude. On n'écrit pas si mal, on n'a pas de lettres si pleines de griffes sans être souffrant.

11

PAPINEAU REPRIS PAR LA PAROLE

Le curé Chartier est venu retrouver Papineau. Il n'en finit plus de raconter ce qui s'est passé. Nerveux, il n'en finit plus de mordre dans tout ce qu'il dit. Papineau ne dit rien, lui.

— Il y a une phrase qui court, Monsieur Papineau. Comme une chanson : une sorte de complainte.

Mais Papineau ne lui demande rien. Il sait que la chanson parle de Papineau. Dis-le, Chartier, puisque ça te brûle les lèvres. Toi aussi tu es venu m'accabler. Tu dis comme les autres : Qui donc cherchez-vous ? Mais Papineau.

— C'est une chanson triste. Un cantique de Noël qui sonnerait Vendredi saint.

Papineau se tait toujours. C'était un Noël triste : l'abbé Chartier ne m'apprend rien. Et c'est déjà la fin de février.

— La chanson commence en demandant : Où Papineau peut-il bien être ? C'est un chanteur de Saint-Denis qui l'a composée. Mais elle court partout. À Saint-Eustache, elle courait aussi.

Le curé Chartier n'en revient pas de voir Papineau silencieux à ce point. Il voudrait le piquer, le faire bondir. Mais c'est comme s'il avait perdu la parole, l'Orateur. Il se sent cruel de continuer de parler de la chanson triste.

— Monsieur Papineau, il ne faut pas vous laisser aller.

L'Orateur se ressent de la tentative d'assassinat. Comment peuvent-ils s'entendre pour me jeter le mot trahison à la tête ? Comme si j'avais trahi tout le monde. Ils me maudissent. Étienne Parent avait raison quand il écrivait : les temps viendront où l'on maudira celui qu'on déifie aujourd'hui.

— C'était terrible à Saint-Eustache, Papineau. Effrayant. Maintenant que c'est fait, que le mal est fait, je me rends compte que se battre dans ces conditions-là, c'était inhumain, insensé. Un suicide : ils n'avaient pas d'armes, Papineau. Presque pas d'armes.

Papineau écoute l'abbé Chartier lui parler de Chénier. Chénier qui a dit à ses compagnons de prendre les armes des morts, tout simplement. C'est un suicide qui n'a fait qu'empirer encore la situation du pays. Colborne se sent justifié de tout brûler. Sans plus aucune retenue.

— Je vous ai apporté les journaux, Monsieur Papineau. Vous n'y lirez pas ce que vous voudriez y lire. Les journaux qui sortent sont les plus mauvais, les plus malveillants. Ils sont tous contre vous. Ils dressent des réquisitoires, ils vous accusent de tous les crimes. Il y en a même un qui dit que votre femme est morte de la fièvre à cause de votre conduite. Je sais que ce n'est pas vrai.

O'Callaghan est venu chercher Papineau et l'abbé Chartier.

Il les conduit à une petite salle. Papineau marche en somnambule. Une fièvre l'isole du reste du monde. Une dizaine d'exilés sont venus voir celui qu'ils continuent de considérer comme l'esprit de la révolution. Malgré les chansons tristes qui courent.

Mais pendant qu'ils rêvent éveillés, pendant qu'ils parlent d'envahir le Canada avec des troupes prêtées par les États-Unis, pendant qu'ils parlent d'aller proclamer l'indépendance de l'autre côté de la frontière, pendant qu'ils parlent d'élaborer une constitution, Papineau perd la foi. Il perd aussi la confiance de ces exilés qui voudraient l'entendre parler encore : comme avant.

— Tu sais Papineau que les habitants de Saint-Ours te renient hautement ?

— Hautement ?

C'est le premier mot de Papineau.

— Ils te considèrent comme un étranger. Ils disent qu'ils ne te connaissent pas. Tu serais surpris de voir qui fait partie de l'association loyale du district de Montréal : Jacques Viger lui-même. Ton ami Jacques Viger. Il a commencé par te dire que tu allais trop vite, trop loin trop vite, il finit par te renier complètement.

Papineau sait que Rodier continue de croire en lui malgré tout. C'est bien le seul. Papineau se sent regardé, pesé. Ses amis lui font des reproches, il ne sait plus lesquels.

— Dis-nous ce que tu penses de la tentative de Nelson. Il veut envahir le Canada.

— Je crains qu'il n'attire de nouveaux malheurs sur notre patrie.

— Il tient à te voir.

— Non. Dites-lui de ne rien faire. C'est voué à l'échec. Tout est perdu pour le moment.

Papineau est sorti. O'Callaghan a voulu le suivre. Papineau lui a demandé de rester.

Il pleut et de drôles de clartés le suivent. Des lueurs dans toutes les flaques d'eau.

D'avoir si peu dormi les dernières semaines lui fait la tête bourdonnante. Il en aurait des visions.

Des phrases lui sont dites : venues de tout près et pourtant infiniment lointaines.

« De ta bouche sortait une épée effilée à double tranchant. J'étais jaloux de toi d'une jalousie de Dieu. »

Papineau ne voudrait pas entendre ce qu'il entend. Il ne rentre pas chez les Porter. Il devrait rentrer : il pleut et déjà il sent la fièvre faire bouillir la sueur de son visage.

Seul, voûté, il reprend la route du bois, comme si la tentative d'assassinat allait être reprise. Comme si elle devait réussir enfin.

L'eau coule de partout.

« En vérité, Dieu n'agit jamais mal. »

Papineau longe le bois de sapins. Il marche très doucement. Comme si des assassins allaient enfin sortir de leur cachette.

« J'ai dans les cieux un témoin. Ma clameur est mon avocat auprès de Dieu. Qu'elle plaide la cause d'un homme aux prises avec Dieu. »

De grands éclairs colorés lui font des illuminations. Il jouit d'être seul, d'être fiévreux et repris par la parole.

Comment discerner un allié dans l'homme qui me fait du mal ? Comme si un seul homme en voulait à Papineau. Un seul jaloux de lui.

Laisse-moi t'expliquer ce que j'ai voulu. Je sais que je ne te suis pas indifférent. Tu as besoin de moi.

La foudre est tombé tout près et Papineau a dû se retenir à un arbre. Il en est resté assourdi, ébloui.

Laisse-moi te dire ce que j'ai voulu faire. Que je n'ai pas réussi à faire. Tu n'as pas voulu.

Papineau se sent possédé d'une parole qui le brûle. Quelque chose à dire à cet homme unique en face de lui. J'ai à te parler. Il faut que je te parle. Écoute.

Je me suis cru aimé. Je me suis vu devenir Dieu. J'ai voulu être capable de les sauver. Je les sauvais si tu m'avais laissé faire. C'est tout ce que je voulais : les sauver de l'écrasement, de l'asservissement. Pourquoi a-t-il fallu que l'impuissance me soit donnée tout d'un coup. Quelqu'un a voulu ma perte. Avais-tu besoin de moi pour te prouver quelque chose ?

Papineau le crie aux éclairs et la pluie mouille tout ce qu'il lance au ciel. Tout est perdu et tu luttes encore Papineau. Tu t'es vanté de n'avoir jamais eu peur de rien ni de personne.

C'est Lactance qui t'en parlait surtout. C'est surtout lui qui te posait des questions. Ton enfant muet qui osait ouvrir la bouche : mais c'était toujours pour une question impossible, une question insupportable.

Ce dimanche d'été où il est venu me dire que Dieu regrettait de l'avoir créé. Comment pouvait-il penser une chose pareille d'un Dieu d'amour ? Il n'en savait rien : la certitude lui était venue en se réveillant.

Papineau ne reprend pas vraiment conscience. Il reste là, sans réfléchir à crier son désespoir au ciel.

Que veux-tu de moi? Pourquoi m'en veux-tu à ce point?

Tout ce que j'ai fait c'est parler. J'ai parlé pour eux. Pourquoi a-t-il fallu que je leur devienne si odieux. Ceux qui m'aiment encore ont pitié de moi car j'ai perdu ton amitié.

Qu'est-ce que je t'ai fait ô mon peuple?

Papineau avait crié si fort que le tonnerre ne faisait qu'accompagner sa voix.

J'ai à te dire une chose importante. Moi je n'ai trahi personne. Il a fallu qu'une mauvaise foi s'empare de ce que je disais.

Odieux, je suis devenu odieux.

J'ai dû dépasser la mesure. Les mots que je disais me consumaient moi-même. Je me rendais compte du danger. La colère me possédait. Je parlais contre les injustices mais je sentais que tout était brûlé au passage.

L'orage était fini. Papineau s'était rendu au lieu de l'assassinat manqué. C'est autre chose que tu veux de moi. Il va falloir vivre. Accusé de haute trahison: les patriotes des paroisses écrivent de grandes confessions où ils me renient hautement.

Il va falloir continuer de vivre sans savoir désormais ce que je peux penser de toi. Que tu aies pu être jaloux de moi me renverse. Et pourtant! C'est comme si je le savais. Au fond, je devrais être flatté. Je suis touché, tu le sais. Je ne comprends pas ce qui m'est arrivé. Ce qui est arrivé à la patrie. En quelques mois, tant de souffrances, tant d'horreurs. Où avais-tu la tête?

Avoir tant parlé, avoir si bien parlé et se rendre compte qu'on a un problème de langue. Au fond, je n'ai jamais dit ce que j'avais vraiment envie de dire. C'est maintenant que je le sais. Pour la première fois de ma vie, je sais que la vraie parole exige tout. Je commence à parler. C'est maintenant que ce que je dis est amorcé. La blessure que j'ai reçue est apparente, indubitable. Elle ressemble à l'arme dont tu t'es servi. On reconnait l'épée à double tranchant. Ta signature et non la mienne.

Je me souviendrai de ta violence. Reconnaissable à la trace. Je suis marqué désormais.

Ce n'est pas ma mort que tu as voulu. Deux assassins auraient suffi amplement. J'ai besoin de te parler. Écoute.

L'expérience a fondu sur moi et je suis là cette nuit, impuissant. Impuissant mais lucide. La lucidité ne m'a pas vraiment quitté même au plus creux du délire. À peine si j'ai voulu me donner un prétexte fiévreux pour me lamenter et crier vers toi.

Je ne fuis pas, tu vois que je reste là. Complètement désarmé et pourtant très lucide. La violence m'a tout enlevé sauf ça : ma lucidité.

Je répète ma lucidité pour que tu l'entendes. Je sais bien qu'on n'échappe pas à tant de puissance. On n'en réchappe pas tel quel. Ce que je me suis mis à comprendre m'a désarmé encore si c'est possible.

Je t'ai dit que je n'avais pas compris ce qui m'était arrivé. J'ai pourtant su que c'était important. J'ai su que j'étais mis en lumière.

On ne se dégage pas d'une pareille emprise. On ne peut pas. Ceux qui disent que j'ai fui aux États-Unis ne connaissent pas l'ampleur de leur impertinence. Je suis ici plus près d'eux que jamais.

Ne vous inquiétez pas de moi. La violence a pénétré en moi, elle m'a atteint en profondeur. J'ai succombé à la violence qui m'a été faite.

Ta jalousie m'a touché, affecté. La révolution n'a pas eu lieu inutilement. Ma lucidité est là plus que jamais : je sais que la révolution n'a pas eu lieu inutilement.

C'est maintenant que je vais me mettre à parler autrement, à connaître l'autre côté de ce que j'ai vu.

La violence aveugle sera transformée. Fini l'aveuglement. Le temps que dure le malheur, la violence appelle la violence et on crie à la foudre.

Il a fallu se lamenter et chanter des complaintes amères. Il a fallu nommer la blessure, la dessiner et savoir d'où venait le coup. Il a fallu voir ta signature et savoir les conséquences d'une pareille calamité.

Pour savoir ce qui était changé entre nous et le nouvel arc-en-ciel qu'il faudrait dresser à partir d'ici.

Papineau revient vers la maison des Porter. Le ciel s'est dégagé et la lune blanchit toute la terre.

J'ai parlé à la légère.

Papineau marche lentement mais très droit. On le reconnaît à ce qu'il a grande allure. Et pourtant ses vêtements sont mouillés et tachés de boue et son âme sort blessée de l'épreuve.

Je mettrai plutôt ma main sur ma bouche. Je n'ajouterai rien.

Papineau a souri. Le livre de Job était le favori de son père : Joseph Papineau. Il le lisait en se disant que la traduction avait certainement changé le sens du texte primitif. Ce n'est pas possible autrement : il le disait.

Papineau ne tremblait pas, ne frissonnait pas. Et pourtant, un grand vent s'était élevé et ses vêtements étaient mouillés jusqu'à la peau.

Je vais mourir vieux. Jusque là, c'est comme si j'étais invulnérable. Comme si j'étais immortel.

Une paix sur la terre juste avant le lever du soleil.

Il avait passé la nuit dehors. Déjà le ciel se colorait.

Une désenvie d'entrer chez les Porter. Et pourtant ce sont les meilleurs hôtes qu'il puisse avoir. Une désenvie de ce confort qu'ils lui offrent si généreusement. Nelson m'a dit de sauver ma précieuse vie : juste avant la bataille de Saint-Denis.

Ma précieuse vie dans un grand confort. Et pourtant, les blessures des miens, je les ai toutes reçues. Tous les miens. Même ceux qui me renient hautement. Pourquoi se sentent-ils obligés d'écrire qu'ils me renient hautement ? Peut-être parce que je suis accusé de haute trahison.

Les accusations viennent de partout et il faudrait que je me gratte avec des tessons de bouteille moi aussi : comme Job.

Il était jaloux de toi aussi, Job. Comment t'étais-tu attiré sa jalousie toi ? Moi, c'est en parlant pour la justice.

Le soleil fait monter des vapeurs blanches de partout et on dirait des ailes en mouvement.

On dirait des souffles qui monteraient des profondeurs.

Papineau ne ressent plus aucune fatigue. Il ne dit plus rien, il n'ajoute rien.

Même ses vêtements se sont mis à fumer et on dirait qu'il bout.

Papineau ne clame pas son innocence. Il prend sur lui la responsabilité de toute la révolution.

On peut reconnaître la signature du responsable : une épée à deux tranchants sort de sa bouche.

Papineau sourit au soleil. Les yeux fermés il respire enfin. Enfin le jour.

12

LIVREZ-MOI PAPINEAU, JE LIBÈRE LE RESTE DU PAYS !

Papineau a lu dans les journaux que lui a apportés l'abbé Chartier une furieuse déclaration de Robert Peel : Le pavillon anglais ne s'inclinera certainement pas devant un Monsieur Papineau.

Comme si Papineau avait été le seul et l'unique responsable de la révolution. C'est ce qu'il s'est dit la nuit passée. C'est ce qu'il a pris sur lui : la responsabilité totale.

La justice de Colborne s'est installée à Montréal. Au centre de la névralgie. Aucun des chefs n'aurait échappé au massacre. Julie le lui a écrit en toute lettre.

« Tu n'aurais pas trouvé de pierre où reposer ta tête. Tu ne peux pas lire tous les journaux qui paraissent. On t'en apporte sûrement quelques-uns. C'est heureux que tu ne puisses lire ceux que je viens de jeter à la poubelle. Des infamies, rien que des infamies. Ils te traitent de scélérat, de traître, d'ambitieux. Tu es, selon ces mauvaises feuilles, l'agresseur, l'auteur de tous les malheurs qui ont fondu sur le pays. Comment peuvent-ils avoir tant de mauvaise foi ?

Monseigneur Bourget, coadjuteur du diocèse de Montréal est encore venu me voir en secret. Encore une fois, tu ne le croiras pas. Je ne sais pas ce qu'il espère. Je ne sais vraiment pas ce qu'il veut. Il me vient de drôles d'idées quand je le vois insister pour me voir et me parler et ne pas savoir ensuite au juste ce qu'il me veut. Près de trois heures, nous sommes restés, face à face, assis à la table de la salle à dîner. Il cherche à comprendre ce qui se passe vraiment. On jurerait qu'il cherche un trésor perdu dont il n'a aucune idée. C'est toi qui a la carte qu'il lui faudrait, je pense. Il me pose des questions vraiment disproportionnées. Il voudrait te convertir, te faire avouer, te forcer à parler. C'est ce qui ressort de cette longue visite où je n'ai vu que déraison. Il me demande ce que je sais de toi. Le croiras-tu ? Il me demande à moi, ta femme, ce que je sais de toi. Comme si tu étais une énigme pour lui. Sa curiosité me faisait mal et en même temps, moi aussi j'étais curieuse : où pouvait-il vouloir en venir ?

« Il y a quelque chose de mystérieux chez votre mari, Madame Papineau. »

« Mystérieux ? Mais il parlait devant la Chambre, il parlait ouvertement aux assemblées populaires et dans les maisons. Tout le monde le connaissait. Qui parle de mystère ? »

« Moi, Madame Papineau, je parle de mystère. »

« Dites-moi ce que vous cherchez à savoir au juste. Posez-moi une question claire et je vous répondrai clairement. »

« Moi, Madame, je n'ai jamais entendu l'Orateur en Chambre. Je n'étais pas aux assemblées de comtés non plus. Ce que j'ai su de lui, je l'ai su indirectement. Mais j'ai entendu des confessions, moi, Madame. De ces confessions, je ne peux pas vous parler, vous le comprendrez. »

« Qu'est-ce que vous voulez que je vous dise ? »

« Ceux qui l'écoutaient parler étaient médusés, fascinés, métamorphosés. Et regardez ce qu'il est advenu du pays, après tous ces travaux oratoires. »

Moi, je ne savais plus comment me tenir en face de lui. Et il me regardait droit dans les yeux : tu sais qu'il les a pâles et sans feu. J'ai eu l'impression qu'il cherchait à me faire dire que tu étais possédé. Ne t'impatiente pas. Cet homme est l'évêque du diocèse de Montréal. Monseigneur Lartigue s'en remet de plus en plus à lui, tu le sais. Cet évêque ne veut pas croire que tu es un homme, c'est ça qui ressortait de tout ce qu'il disait. Au plus creux de la conversation, j'ai osé lui dire ce que je pensais de son interrogatoire d'inquisition.

« Je pense, Monseigneur, que vous ne devriez pas avoir les pensées que vous avez. C'est indigne de vous. Louis-Joseph est un homme lucide et bon, vous le savez très bien au fond. »

« Sa part d'ombre est plus grande que lui, Madame Papineau. »

« Je ne dis rien, je vous écoute. »

« Il ne peut pas avoir fait tant de mal à lui tout seul. Comprenez-vous ? Comprenez-vous ce que je dis ? Il a fallu qu'il ait un allié très puissant. »

« Une étoile enchaînée, vous voulez dire ? »

Moi, tu comprends, je ne pouvais pas souffrir de voir un homme de sa valeur et de sa fonction dire de pareilles insanités. Le pire, c'est qu'il continuait, comme s'il avait rêvé depuis longtemps de dire à quelqu'un ce qu'il me disait.

« Vous savez que tout le monde le montre du doigt, Madame. C'est triste pour vous, triste pour vos enfants et je vous plains de tout mon coeur. Mais je suis un homme de Dieu et je me dois de traquer le mal jusque dans ses retranchements. »

Là, je n'y tenais plus.

« Vous êtes un homme très intelligent, Monseigneur... »

Moi, je voulais le ramener à la conscience, à la raison. Il avait l'oeil tourné, en pleine vision apocalyptique.

« On a vu des cas de possessions, Madame Papineau. »

Tu sais que j'ai la foi, Louis, tu sais que je prie avec ferveur, tu sais que j'élève mes enfants selon les lois du Seigneur. J'ai vu rouge. Ce jour-là, j'étais souffrante et il le savait : c'était visible.

« Monseigneur, je ne sais pas qui vous inspire de pareilles infamies. Une chose est certaine, ce n'est pas Dieu. »

Il s'est un peu frotté les mains, comme s'il voulait enlever une colle.

« Ce n'est pas pour rien que je suis venu jusqu'ici. J'ai reçu des confidences terrifiantes. Des gens ont vu une épée à deux tranchants sortir de sa bouche. »

« Monseigneur, vous ne pouvez pas croire cette chose ! »

« Madame, l'épée à deux tranchants est une image de l'Apocalypse. »

« Il y a combien de temps que vous n'avez pas lu l'Apocalypse, Monseigneur ? Vous êtes très occupé et je ne vous reproche pas de ne pas lire la bible assez souvent. Ce que je ne peux pas supporter, c'est que vous parliez de possession quand l'épée à deux tranchants de l'Apocalypse, c'est de la bouche du Christ qu'elle sort. »

Il a blêmi et s'est signé à plusieurs reprises.

« On juge pourtant un arbre à ses fruits. »

Il l'a dit mais sans conviction. On aurait dit qu'il se mettait à penser aux colères de Dieu.

« On ne peut pas penser que Dieu a voulu ce qui nous arrive. »

Moi, je ne disais plus rien. Je me sentais de plus en plus souffrante. Seule la politesse m'empêchait de me retirer, d'aller me coucher.

« Le mal vient d'ailleurs pourtant. »

Je lui ai offert une tasse de thé chaud. Il avait l'air malheureux et transi. Tu leur donnes des problèmes de conscience, Louis.

« Dieu n'est pas un homme ordinaire, Monseigneur. »

« Qu'est-ce qu'un homme ordinaire ? C'est un mauvais critère. Monsieur Papineau non plus n'est pas un homme ordinaire. »

« Je vous en prie, Monseigneur, n'ajoutez rien. Je suis souffrante depuis plusieurs jours. C'est assez. »

Une voiture l'attendait dehors. Il s'est enroulé dans une sorte de mante noire à capuchon et il s'en est allé. Je l'ai regardé partir sans compassion Louis, malgré tous mes efforts. On dirait à l'entendre que tu as fait un pacte avec le diable. Je serais quand même curieuse de savoir qui est allé se confesser à lui pour le mettre dans un pareil état. Qu'il soit épuisé et souffrant lui aussi, je n'ai pas de peine à le croire. Il visite les prisonniers et fait de son mieux pour soulager les misères du peuple.

On dirait bien qu'il a perdu la foi. Par moments, je l'écoutais penser. Il ne parlait pas sans arrêt. Pas pendant trois heures. Il restait souvent silencieux à me regarder, l'oeil plein d'inquisition.

Je me suis dit en le voyant courir vers sa voiture que ce n'était pas de toi qu'il s'inquiétait le plus mais de lui-même. De lui-même et du salut de son âme. Quand il me disait sans me voir que Dieu ne pouvait pas avoir voulu tous ces malheurs qui fondaient sur nous, je l'ai senti ahuri, prêt à refuser cette nouvelle image qui lui venait d'un Dieu pourtant infiniment bon.

Je te dis les choses comme elles se sont passées. Comme je les ai vécues. Ne te fais pas de soucis à ce sujet. Tu as déjà assez d'inquiétudes et de sujets de peine. »

Julie continuait un peu sa lettre. Les enfants avaient été malades, surtout Lactance, comme toujours.

« Toujours, il nous a paru différent des autres. Attachant et pourtant insupportable par moments. Il pense à toi tout le temps. Comme s'il s'acharnait à vivre ta vie. Comme s'il voulait à tout prix résoudre ce qu'il appelle tes contradictions. Il me dit tout bas, en articulant à peine, que c'est pourtant lui qui te ressemble le plus et que tu ne sembles même pas t'en douter. Quand je pense à tous les problèmes d'élocution qu'il a eus dans sa jeune vie, ça me renverse de le voir insister tant sur la ressemblance qu'il a avec toi. Les seuls moments où il n'est pas muet ou presque, c'est quand il parle de toi, quand il t'imite ou qu'il te défend. Car il te défend : contre le monde entier.

Moi, je me défends de penser que nous n'avons pas d'avenir ici, personne. Nulle part peut-être. Je te demande pardon : moi non plus je ne crois pas que tant de malheurs puissent être voulus d'un Dieu infiniment bon. La vérité c'est que je n'aime plus la vie et que je crains la mort. »

O'Callaghan attendait Papineau au coin de la rue.

Ils marchaient sans parler depuis combien de temps, ils n'en savaient rien ni l'un ni l'autre. L'exil leur pesait. Même ensemble, ils continuaient de sentir peser l'injuste condamnation.

— Julie m'a écrit une longue lettre.

— Pas trop gaie, je suppose.

— Il paraît que Monseigneur Bourget est encore allé la voir en secret.

— Qu'est-ce qu'il cherche à savoir ?

— Il cherche un bouc émissaire.

— Toi, évidemment. C'est à rendre jaloux tous les autres chefs. Benoit m'a dit une drôle de chose l'autre jour, après ton départ de la salle. Tu est parti vite.

— Qu'est-ce qu'il t'a dit ?

— Colborne aurait fait des offres au clergé.

— Pourquoi au clergé ?

— Il devait avoir ses raisons. Ou bien il a des souvenirs de sunday school.

— Quelles offres ?

— Devine.

— Non. Ce que je pense me paraît insensé.

— C'est pourtant ça, Papineau. Colborne aurait même reçu l'approbation de Londres.

O'Callaghan n'avait pas continué. L'eau s'était un peu résorbée mais le sentier qui longe le bois était encore boueux, odorant. Un printemps un peu suffocant, doux et insupportable.

Papineau avait regardé O'Callaghan.

— Continue ton histoire.

— Il y a de quoi rendre jaloux tous les autres chefs, tous les patriotes. Qui ne serait pas jaloux de Papineau ?

— Dis-moi en toute lettre l'offre que Colborne a faite au clergé. Approuvé par Londres.

— C'est une rumeur, Papineau. Tu sais que c'est une rumeur. Moi, je n'y attache pas foi.

— Moi non plus, mais continue. Dis-moi quelle offre alléchante a pu faire le vieux brûlot, l'abominable exécuteur des basses oeuvres au digne clergé de mon pays.

Mais O'Callaghan regardait les nuages au ciel, il regardait la lune et hurlait doucement, comme un grand loup qui s'ennuie de son pays.

— C'est à Lartigue ou à Bourget que Colborne a fait son offre tentante ?

— C'est une histoire. Rien qu'une histoire. Une rumeur qui court.

— Comme la complainte : Où Papineau peut-il bien être ?

— Il en court de toutes les sortes. Ce n'est pas important. Elles sont fausses.

— Toutes inspirées ? C'est ce que tu penses, O'Callaghan ?

— Inspirées par qui ? C'est ce qu'il faudrait savoir.

Ils s'étaient arrêtés au bout du sentier comme ils faisaient toujours. Pour parler, pour se taire, pour respirer, pour pleurer, pour rire.

— C'est la meilleure partie de la promenade.

— Le moment où on cesse de se promener. Où on s'arrête.

— Ensuite on revient. C'est le coeur ici.

O'Callaghan suivrait Papineau partout. Même au cachot, même sur l'échafaud.

— Si au moins l'offre parlait de moi aussi.

Papineau avait mis ses grands bras autour de son ami.

— Tu maigris encore. Fais attention. Je ne veux pas te perdre.

L'idée lui était venue qu'il pouvait le perdre et il aurait voulu le tenir embrassé. O'Callaghan s'était dépris, avait un peu bougé, un peu ri.

— Je vais te dire l'offre que Colborne a fait à ton cousin Monseigneur Lartigue.

— Pas à l'autre ? Pas à Monseigneur Bourget ?

— À l'autre aussi, je pense. C'est une histoire, tu comprends. C'est une rumeur.

Papineau savait ce qu'O'Callaghan allait dire. Quelle offre de Colborne pouvait faire une bonne histoire à raconter ? Rien qu'une. Colborne a dit tel quel aux deux évêques réunis en face de lui : Donnez-moi Papineau et j'amnistie tout le monde.

— Colborne a fait venir les deux évêques. Il leur a dit comme ça, en se plantant en face d'eux, le doigt pointé : Livrez-moi Papineau, je libère le reste du pays.

Papineau n'a rien dit.

— Tu la savais ? L'histoire, tu la savais ?

— Je l'ai inventée juste avant que tu me la racontes.

— Dans les mêmes mots ?

— À peu de chose près.

— Si l'histoire avait dit : Livrez-moi Papineau et

113

O'Callaghan, je libère le reste du pays, je serais complètement heureux.

O'Callaghan n'aurait pas voulu être sentimental. Il l'était cette nuit. Le printemps américain le rendait fou.

— Être dans la même phrase que toi Papineau ! Dans la même histoire que toi !

— Tu l'es maintenant. Nous sommes deux à ne pas savoir pourquoi ce qui nous arrive nous arrive.

— Que t'ai-je fait ô mon peuple ? Tu as parlé toi : pour la justice, contre l'injustice. Tu as pris leur défense pourtant. Moi aussi j'ai pris leur défense Papineau. Quand tu parlais, j'étais d'accord.

— Je prends toute la responsabilité. Avec toi, naturellement.

— Moi aussi. Je la prends toute avec toi. On devrait écrire aux deux évêques qu'ils peuvent conclure le pacte avec Colborne.

— En es-tu encore à faire confiance à Colborne ?

— Tu as bien fait de me ramener au bon sens. On se laisse emporter par une belle histoire. On se met à croire à la justice, à la parole donnée. Comme si Colborne était capable de tenir parole et de libérer le reste du pays.

13

PAPINEAU SE SOUVIENT D'UNE ÉMOTION VENUE DE L'AVENIR

Papineau fait ce qu'il faut faire. Il reçoit des visites, il en fait. Des sénateurs, des généraux : gens influents et intéressants. Papineau se reprend à parler. Il redevient l'Orateur pour quelques heures. Mais rien n'est plus pareil.

J'ai su quelque chose que je n'oublierai pas. Qu'il y ait des Américains sympathiques aux patriotes, c'est sûr. Mais le gouvernement ne veut pas déclarer la guerre à l'Angleterre. Les patriotes ne présentent plus aucun intérêt. La constitution a été suspendue au Canada et Papineau se dit que les ennemis de la patrie ont ce qu'ils veulent.

Quand il revient de ses longues promenades avec O'Callaghan, il lui arrive de faire des rêves fabuleux : comme si tout était encore possible.

Les longs discours où il se sentait agir. Il n'était pas question de patience mais d'action. Il fallait exiger et exiger tout de suite. J'étais l'homme des principes et les autres me comprenaient, m'appuyaient. Et j'y croyais.

Papineau lit, écrit, essaie d'y croire encore.

Je faisais expulser Christie. À combien de reprises. Et toutes les offensives contre le Conseil législatif : les malfaisants, les vieillards malfaisants. « Les Anglais monopolisent non seulement les postes administratifs mais la finance avec la Banque de Montréal et le grand commerce. Qu'est-ce qui nous reste ? »

Ce n'est pas contre des moulins à vent que je me battais, je me battais pour la justice, pour l'équité.

Papineau aurait voulu convaincre les États-Unis de l'aider. Trop tard Papineau. Il aurait fallu y penser en 1774, en 1812. Vous vous êtes battus, vous et vos pères pour rester colonie anglaise.

En 1812, je pensais que c'était possible : que la justice était possible, que l'Angleterre comprendrait.

Ils n'ont pas compris.

Je me souviens avoir écrit à Julie que je n'avais pas été inutile à mon pays. Aujourd'hui, la constitution est suspendue et on m'accuse de tous les maux.

Tous ces travaux interminables : abolis. Comme si je n'avais jamais rien fait de bien. Tous ces hommes dans les cachots, ces condamnations, ces pendaisons.

Papineau voudrait avoir rêvé. Si l'histoire d'O'Callaghan était fondée ! S'il suffisait de me livrer à Colborne pour les sauver de la prison et de la mort. Pour les sauver tous de l'humiliation, je me livrerais moi-même. Toute cette misère sur mon pays : ces fermes brûlées, tous ces pauvres gens ruinés, affamés.

Colborne, je suis ton homme ! Si seulement je pouvais avoir confiance en toi. Si seulement je ne te connaissais pas. Toi et tes pareils.

L'offre n'a pas été faite. Si j'étais seul au monde, je prendrais l'initiative de la faire moi-même.

Papineau n'a pas mangé de la journée. Il se contente d'un repas par jour : comme les prisonniers de Montréal et d'ailleurs, comme les habitants des régions incendiées.

On ne sait pas ce qui nous atttend. On ne sait jamais. Étienne Parent nous le criait dans son journal, les évêques nous le criaient aussi. Maintenant je les entends. Et pourtant, j'ai fait ce qu'il fallait faire. Je me suis battu. On n'est pas des moutons.

D'être resté dans sa chambre toute la journée l'a usé plus qu'une campagne électorale. Il se sent fourbu, éreinté.

C'est le printemps. Il ouvre la fenêtre.

Il ne désespère pas. Pas lui, pas Papineau. Pas moi.

Une nouvelle lettre pour Julie. Une nouvelle lettre et on dirait bien que je tente toujours de me justifier. Et c'est vrai que j'ai décidé de prendre sur moi le poids de cette révolution manquée. C'est plus lourd qu'une révolution gagnée et ça se porte plus mal. Dans quelques années, peut-être que tout sera encore possible.

« Ma chère Julie,

Quelques années introduisent de si rapides changements dans l'état d'une société que vous ne devez pas renoncer à l'espoir de quelque soudaine réunion de la famille en Canada quand la pitié fera taire la folle rage qui passionne maintenant. »

Papineau s'est levé. Il faut qu'il marche de long en large. Il faut qu'il sorte de ce style qui le fatigue. Le style de la patience et je n'en ai jamais eue.

« Tant d'accidents imprévus, improbables ont protégé une injuste domination, accablé une vertueuse opposition que le monde et ses misères sont pour moi un mystère de plus en plus impénétrable. Je m'indigne qu'il y ait des moments marqués pour l'insupportable succès du vice et la destruction des vertueux citoyens. »

Gosford est parti pour l'Angleterre le vingt février et Papineau le revoit dans le petit restaurant. Tout était encore possible à ce moment-là. Je me le demande. Si c'était à refaire. Si j'étais là aujourd'hui.

Le jeûne et la fatigue ont fait à Papineau un teint trop pâle, des yeux fiévreux.

Gosford était ému. À cause du tête à tête. Moi, j'avais accepté le rendez-vous. Il m'avait dit : nous dînerons en tête à tête. Je l'ai cru.

Il me regardait dans les yeux. Comme si on pouvait s'entendre. Comme si c'était possible. Lui lié à la couronne d'Angleterre et moi à ma patrie. Tu n'as pas vu Gosford que nous étions des irréductibles ? Voués à se haïr, voués à se dévisager ?

Je l'ai regardé venir. Il était comme déguisé, mais on ne savait pas trop en quoi consistait son déguisement. Le charme indéniable de Gosford. Et pourtant, je savais qu'il était

117

haïssable, comme tous les autres. Je savais avant de l'entendre qu'il ne m'accorderait que les détails, les prix de consolation. Déjà, avant d'ouvrir la bouche, je lui disais que je voulais tout : les quatre-vingt-douze résolutions. Déjà je savais qu'il me refuserait les réformes fondamentales.

Pauvre magicien qui pensait m'envoûter. J'ai essayé de me mettre dans ta peau : je n'étais pas à mon aise. Tu avais des instructions rigides. Je te voyais protester. Si tu avais été libre, le tête à tête aurait été différent. Tu jouais ton rôle, je te voyais faire. C'était le temps où on parlait partout de ma folie : dans les journaux modérés, dans les gazettes du parti anglais, dans la feuille haineuse d'Adam Thom.

Toi, Gosford, toi, tu savais pourquoi j'étais exaspéré. Tu l'étais toi aussi : exaspéré, fou de rage devant les barrières de stupidité et les amitiés impossibles.

Je me demande si tu souriais en montant sur le bateau qui te ramenait dans ton pays. Ce sourire que j'aimais : que je trouvais pourtant irritant, insupportable.

« Venez Papineau. J'ai réservé une petite salle où nous serons bien seuls. »

Encore ce sourire. Et les yeux qui riaient. Surtout quand je lui ai parlé de piège.

« Vous savez bien que non, Papineau.

Cette façon de dire mon nom. Personne n'a jamais dit mon nom comme lui.

« Je suis prêt à tout pour vous gagner à la paix ».

Ces mots appris, préparés qu'il disait. Parce qu'il savait que je savais. Ces entrées connues.

L'impatience que je ressentais : d'être comme ça, en face de lui. Le gouverneur Gosford, plein de manières et de phrases toutes faites. J'aurais voulu un corps à corps avec lui. Une lutte singulière : c'est une arène qu'il aurait dû louer pour un vrai tête à tête.

Tout ce qu'il pensait pouvoir gagner en douce : en souriant. Ou bien il n'y croyait pas.

« La salle est petite : trop petite pour nous deux, je veux dire. Nous pourrons parler tout bas.

Il avait mes discours en tête et son sourire avait pris une courbe moqueuse, complice. Comme si tout ce que nous avions fait jusque-là n'avait été que jeu futile et que nous pouvions bien nous l'avouer franchement l'un à l'autre. Nous n'étions que des pièces d'échecs : tous les deux.

Si près l'un de l'autre : nos genoux se sont touchés. Le sourire plus insinuant encore, flanqué de fossettes comme un homme ne devrait pas en avoir.

La soupe était très chaude et très bonne. Y goûter sans parler. En se regardant : et les yeux s'étaient encore adoucis. À ce moment-là, je me suis dit que ce rôle-là joué par quelqu'un d'autre rendrait la pièce intolérable.

« La première fois que je vous ai vu, Papineau, je vous ai trouvé très orgueilleux ».

Il m'a offert de me lire ses notes personnelles à mon sujet. J'aurais dû accepter : je regrette d'avoir refusé, d'avoir dit : qu'importe ! Aujourd'hui, je voudrais lire ce qu'il disait de moi dans son journal.

« En quoi mon orgueil peut-il être important ? »

C'est là qu'il m'a parlé de tentatives d'assassinats. Je me demande s'il a été attaqué lui aussi.

Papineau se mit à défendre Gosford de ses assaillants : des couteaux luisaient et Gosford était sauvé finalement. Drôle de chose.

« Tous les partis veulent vous assassiner, Papineau : vous avez réussi ça. Comment avez-vous fait pour méritez tant de haine ? »

Il disait : haine à l'anglaise et le mot prenait un sens plus lourd.

Son sourire était devenu insolent.

« Ça vous fait sourire ? »

« Pour le moment, Papineau, il n'y a pas de danger. Ni pour vous ni pour moi. »

Il disait souvent mon nom et la répétition m'émouvait. Avec l'accent qu'il avait : imperceptible et pourtant il était là.

« Les assassins feraient d'une pierre deux coups, Gosford. »

Il ne disait plus Monsieur Papineau, je ne disais plus que

Gosford. Pas question d'avoir peur de lui et pourtant j'étais ému plus que de raison. Comme si le moment avait été marqué. Il y a des moments marqués : je l'ai senti.

Si on avait pu, à nous deux, éviter la misère actuelle! J'étais trop occupé à jouer mon rôle et lui le sien. J'étais trop orgueilleux, trop intransigeant et lui pas assez libre, pas assez fort.

S'il avait dit au gouvernement anglais : si vous n'accordez pas les quatre-vingt-douze résolutions, la colonie est perdue. Rien que ça. Le gouvernement anglais l'aurait cru : peut-être. Ils auraient peut-être essayé de gagner certaines choses : moi, j'aurais accepté des changements. Aurais-tu vraiment accepté des compromis, Papineau?

Papineau a prononcé son nom comme Gosford l'avait fait et il a répondu à sa propre question : oui, j'aurais accepté des changements mineurs.

Papineau et Gosford, trop occupés à rester chacun dans son rôle : tout tracé d'avance. Au moins ce jour-là, au moins en tête à tête, on aurait pu se parler, vraiment se parler. Irréductibles, tous les deux.

Il n'aurait pas fallu sortir de la petite salle avant d'avoir réussi à trouver une solution : on aurait pu.

Je me suis senti ému : la respiration courte. J'ai su que ce tête à tête était important.

Il m'a dit que j'étais distrait un moment donné. Je pensais à Lactance : à cet enfant de moi qu'on dirait d'un autre. Lactance qui dit me ressembler plus qu'aucun autre de mes enfants : à Père Orateur, fils muet.

« Vous êtes distrait Papineau. »

« Qu'avons-nous à nous dire? »

Une volonté sourde d'ignorer mon émotion et le signe de l'avenir. Une émotion venue de l'avenir, venue d'Albany, de l'exilé qui comprend ce qu'il est trop tard pour comprendre : nous aurions pu sauver la situation. J'aurais convaincu Gosford : j'étais capable de le convaincre de prendre sur lui de convaincre le gouvernement anglais.

« Pourquoi pensez-vous qu'ils veulent nous tuer : tous les partis et tous les deux ? »

Je me souviens de mon émotion quand il m'a posé cette question-là. Si j'avais vraiment essayé de répondre au lieu de me laisser aller au jeu oratoire, j'aurais su que sa question était importante.

Et c'est vrai que tous les partis nous en voulaient. Les miens, les patriotes m'en voulaient et les siens, le parti gouvernemental, se méfiaient de lui. Même ceux qui nous tenaient le plus à coeur nous en voulaient.

Moi, il m'arrivait souvent de prendre pour acquis l'assentiment des patriotes. je faisais cavalier seul parfois : suivez si vous pouvez. Suivez le chef, suivez le Messie, suivez le seul capable de vous montrer le chemin.

« Pourquoi tous les partis, tous les deux, Papineau ? »

Je l'ai su sans savoir que je le savais : nous étions marqués tous les deux du même signe. Nous aurions pu sauver le pays de la grande misère de cette révolte armée : sans armes.

En le regardant manger du bout de la fourchette, je me suis dit qu'on aurait pu être amis en d'autres temps, d'autres lieux.

« Je ne souris pas de contentement Papineau, j'essaie de profiter de ce tête à tête qui nous est encore donné. »

Il n'y a pas si longtemps qu'il m'a dit ça pourtant. On dirait que des années ont passé. Même la victoire de Saint-Denis est assombrie par tout ce qui a suivi. Quelques mois seulement.

Papineau relit sa lettre à Julie.

« Quelques années introduisent de si rapides changements dans l'état d'une société que vous ne devez pas renoncer à l'espoir de quelque réunion de la famille en Canada quand la pitié fera taire la folle rage qui passionne maintenant. »

Il a plié la lettre.

Je me leurre peut-être en pensant que Papineau et Gosford auraient pu faire quelque chose. Est-ce que je pouvais laisser tomber les choses fondamentales ? Pouvait-il prendre sur lui de convaincre Londres de les accorder ?

La façon qu'il avait de dire : Papineau !

Lui qui ne voulait à aucun prix des moyens drastiques : la loi martiale, les arrestations, les mesures de rigueur, tout. Pauvre Gosford : il rentre à Londres avec un mauvais dossier à remettre.

Je voudrais lire ses notes personnelles. Il parle peut-être de ce tête à tête que nous avons eu dans une petite salle, assis face à face à une petite table. Il se dit peut-être lui aussi que si nous avions cessé de jouer, nous serions arrivés à nous entendre : de l'héroïsme de part et d'autre. Lui pour affronter le gouvernement de son pays après avoir accordé quatre-vingt-dix des quatre-vingt-douze résolutions et moi pour affronter Papineau après avoir laissé tomber deux résolutions.

« On aurait pu vous accuser de haute trahison Papineau. Vous avez dit des choses graves aux assemblées de comtés. »

« Qui m'aurait livré ? »

« Je ne vous dirai pas qui. Ils ne m'aiment pas moi non plus : personne. Ce que je sais, c'est qu'ils vous sacrifieraient à la paix. Ils veulent la paix à tout prix. Honorable ou pas : ils veulent la tranquillité. »

À ce moment-là, il ne souriait pas. Il s'est fait suppliant. C'est maintenant que je le sais.

« Vous prenez trop de place. Les patriotes les plus violents craignent, savez-vous quoi, Papineau ? »

Papineau ne se souvenait plus de ce qui était venu ensuite.

Debout, près de la fenêtre ouverte, il regarde l'horizon lumineux. Qu'est-ce que les patriotes les plus violents pouvaient bien craindre de moi ?

« Je m'étais dit que moi, Gosford, je réussirais en Canada. Là où tous les autres gouverneurs ont échoué. Me croirez-vous si je vous dis que j'en ai fait le grand défi de ma vie ? »

« Donnez-nous ce que nous demandons. C'est mieux que de perdre le pays. »

« J'ai des instructions de Londres. »

« Me direz-vous ce que craignent les plus violents des patriotes ? »

« Je vais vous le dire Papineau : ils ont peur que vous continuiez de parler. Je sais qu'ils vous l'ont dit en toutes lettres au conseil de guerre. J'ai mes rapporteurs. Le temps des discours est fini : ils vous l'ont dit. Vous êtes fini Papineau. Si vous commencez à vous taire, vous êtes fini. Les fanatiques savent que vous êtes contre la révolte armée, surtout que vous avez peu d'armes. Les fanatiques ont peur de vous. Parce que si vous continuez de le dire que vous êtes contre, vous pouvez démonter les foules comme vous les avez montées. C'est ça qu'ils craignent. Ils vous tueraient pour éviter ça. Ils vous tueront. »

« Donnez-nous au moins les réformes fondamentales. »

« Plus tard ce sera possible Papineau. Plus tard les esprits auront mûri. »

Papineau avait froid et faim : il pensait aux prisonniers des cachots de Montréal.

14

AIMER OU NE PAS AIMER SON ENNEMI

Adam Thom attend Jeannette entre deux murs. Elle n'est pas venue aux deux derniers rendez-vous. Défense de communiquer : d'aucune façon. Personne ne doit rien savoir de notre amitié.

— Amitié ! Amitié, Adam Thom ? Dis : amour, si tu veux, pas amitié. Mes deux frères sont au cachot, mes parents sont ruinés, mes patrons malheureux. Et moi, je viens te retrouver ici, entre deux murs !

— Parle plus bas. Cesse de parler plutôt. Fais comme Papineau, ferme ta grande gueule.

Il l'embrasse, la tient dans ses bras, respire dans son visage, dans ses cheveux. Une paix de l'autre monde.

— C'est à l'extérieur que je suis méchant, haineux. À l'intérieur, je suis aussi tendre qu'un intérieur de porc-épic. Attention ! Ris tout bas. Ris-moi dans la bouche, ça me fait de l'aération.

À tout moment, elle se raidit.

— Tes articles sont épouvantables. Tu veux vraiment que les patriotes soient pendus ?

— Mais non. Cesse de croire ça.

— Tu me prends pour une demeurée ?

— Je dis ça pour empêcher que ça se passe : c'est un vieux truc. Les juges ont l'esprit de contradiction.

— Tu mens. Sale menteur d'Anglais !

— Hey là ! Attention ! Pas d'injures entre nous. Retire ça.

— Jamais. Plutôt mourir.

— Répète après moi : sale menteur d'Écossais ! Attention ! Tu ris trop fort. Il va falloir que je t'étouffe complètement.

— Ferais-tu ça ?

— Non. Je m'ennuierais trop.

— Pourquoi tu le dis ?

— C'est toujours le même principe : je le dis pour ne pas le faire. Moi aussi j'ai l'esprit de contradiction.

— Sale menteur d'Écossais !

— Patriote !

— Moi, ça me flatte.

— Moi aussi, ça me flatte : sale menteur d'Écossais ! C'est rafraîchissant pour l'oreille.

— Mes patrons se doutent de quelque chose.

— Attention ! N'avoue jamais rien.

— T'inquiète pas. J'aurais des relations avec le diable lui-même que mes patrons seraient moins scandalisés. Tu es le pire. Quand ils parlent de toi, on dirait qu'ils n'osent même pas prononcer ton nom. Colborne, ils l'appellent le vieux brûlot.

— Moi, qu'est-ce qu'ils disent quand ils parlent de moi ?

— Ils disent le dénommé.

— C'est tout ? Le dénommé, c'est assez pour me reconnaître ?

— Oui. C'est tout dire.

— Et pourtant, ils s'arrangent pour lire mes articles. Vrai ?

— Vrai.

— Je serais curieux d'entendre ça. Ces gens-là qui lisent mes articles à haute voix.

— Moi non. Ça me fait mal aux oreilles.

Il s'est mis à lui lécher les oreilles. Elle se sent mourir : de culpabilité, d'amour, de honte et d'autre chose encore.

— Te souviens-tu, Jeanne-au-bûcher, de ce que tu me disais, le soir du tête à tête Papineau-Gosford ?

— Des inventions, ton tête à tête ! Mais je me souviens du soir où tu as inventé ça.

— Te souviens-tu de ce que tu m'as dit ?

— Non. Je me souviens qu'on n'avait pas pu aller dans notre coin tranquille.

— Aujourd'hui non plus. C'est trop dangereux. As-tu longé les murs au moins ?

— Oui. T'inquiète pas. Je suis comme un chat noir. Je passe partout, personne me voit.

— Et si tes patrons s'apercevaient de ton absence ? T'es-tu préparé un bon prétexte ?

— Madame Chevrier s'en est aperçu l'autre soir. C'est pour ça que j'ai été deux fois sans venir. Elle m'attendait dans ma chambre, quand je suis revenue. J'ai sursauté.

— Tu n'as pas mentionné mon nom ? D'aucune façon ? Jure. Jure sur la tête de quelqu'un. Jure sur la tête de Papineau.

— Sur la tienne. Je jure sur ta tête.

— Insupportable comme idée. Qu'est ce que tu lui as dit, à ta patronne ?

— Je lui ai dit que j'avais trouvé le moyen d'aller porter de la nourriture à mes frères en prison. C'est ça que j'aurais dû faire. Ça m'est monté à la bouche comme une bonne réponse. Comme un remords aussi.

— Qu'est ce qu'elle a répondu ?

— De faire attention. Que la bande de chiens hargneux du dénommé n'attendait que des choses comme ça pour nous déshonorer. Tu n'as pas entendu ça pour me déshonorer, toi. J'ose même pas en parler à mon confesseur.

— Surtout pas. Heureusement que tu y as pensé de toi-même.

— N'empêche que je suis embarrassée quand il me pose des questions. Quand il me demande avec qui j'ai péché.

— Parce que tu lui dis que tu as péché ?

— Évidemment. Si je veux être pardonnée. L'enfer, c'est épeurant.

— Qu'est-ce que tu lui réponds, quand il te demande avec qui tu as péché ?

— Je lui ai dit que je pouvais pas le dire. Que ce serait un autre péché encore plus grave de le dire.

— Ça c'est bien. C'est bien trouvé.

— Il m'a demandé tout bas si c'était Monsieur Chevrier. J'ai pas répondu du tout.

— Mais l'autre va lui dire non. C'est effrayant, les confessionnaux. Ça ne m'avait jamais passé par la tête que c'était pire qu'une société complètement secrète. Au Doric Club, on est seulement à moitié secret.

— T'inquiète pas. Monsieur Chevrier est comme Monsieur Papineau. Il tient à ce que toute sa famille pratique la religion, mais lui, il serait plutôt anticlérical.

— Tu te débrouilles bien, Jeanne-au-bûcher.

— On n'a pas grand-place ici, entre deux murs. J'ai apporté une vieille couverture. Penses-tu que la pierre est assez sèche ici ? On pourrait s'étendre un peu.

— Il va falloir inventer une nouvelle façon de faire.

— T'es fort sur les inventions, sale inventeur d'Écossais !

Elle pleurait un peu : d'amour, de honte et de béatitude. Le vent s'était élevé, hurlait un peu en passant entre les deux murs.

Un jour, tu vas te faire attraper, Adam Thom. Les chasseurs de patriotes vont te trouver ici, entre deux murs, en position désavantageuse, comme aurait dit ta forte mère, ta brave et forte mère, calviniste et sans pitié pour ton manque de prédestination.

Te vois-tu en face du Doric Club ? Te vois-tu répondre à l'accusation d'avoir frayé avec l'ennemi ?

« L'ennemi ? Vous déraillez. Jeannette est ma rapporteuse. Je la déshonore régulièrement pour qu'elle ne puisse plus retourner en arrière, avec les siens. »

Mais Adam Thom les entend rire, les voit déshabiller sa pauvre petite Jeanne-au-bûcher avant de la violer chacun leur tour. Il en est à la manger doucement. Elle en rit, elle en pleure.

— C'est dommage que tu sois tellement de l'autre côté.

Il en est à arranger ses vêtements, à se peigner du mieux qu'il peut. Il en est à aider Jeannette à boutonner son corsage.

— Penses-tu que je pourrais être seulement un peu de l'autre côté. Tes larmes sont toutes dessalées.

— Parce que je pleure trop de ce temps-ci. Quand je vois quelqu'un pleurer, moi, je pleure.

— Les Chevrier ont-ils des nouvelles de Papineau ?

— Je le saurais, je te le dirais pas. Je suis contre toi. Avec Papineau, les patriotes et mes frères en prison. De leur côté.

— Si tu pouvais les sauver en m'assassinant, le ferais-tu ? Si tu pouvais sauver le pays et laver toute la misère partout en me passant un couteau dans le coeur, le ferais-tu ?

— Je le ferais.

Elle lui embrasse les yeux et la bouche comme si elle les fermait pour toujours.

— Je ferais comme dans la bible. Il y en a une qui a fait ça dans la bible. Elle a coupé la tête du tyran qu'elle aimait. Moi aussi, je le ferais. Je serais capable de le faire.

— L'autre fois, c'était l'évangile, aujourd'hui, c'est la bible.

— Qu'est ce que j'avais dit de l'évangile ? Je n'ai pas parlé de l'évangile. Pas avec toi.

— Pourquoi pas ?

— Qu'est-ce que j'avais dit ?

— C'était le soir du tête à tête Papineau-Gosford. Tu as dit : j'ai honte d'aimer un ennemi, mais c'est comme dans l'évangile si on y pense.

— J'avais oublié ça : c'est vrai si on y pense.

— As-tu froid ?

— Non. Avec toi, je rougis trop pour avoir froid. Ça me réchauffe. Ça me fait de la chaleur partout.

— Du feu ?

— Oui. C'est comme du feu partout. Pourvu que ça soit pas un avertissement de l'enfer.

— L'enfer donne des avertissements ?

— Toi, tu te moques de ça ? Monsieur Chevrier est anticlérical, lui, mais jamais on l'entendrait se moquer de l'enfer. Je pense qu'il y croit à l'enfer.

— Il y croit pour m'y envoyer. Il faudrait qu'il y en ait un pour envoyer le dénommé rejoindre l'autre dénommé, le grand dénommé. Ma mère y croyait beaucoup plus que toi à l'enfer. Pour elle, tu serais damnée depuis toujours et irrémédiablement. Même moi, son propre fils, elle me damnait régulièrement. Elle est calviniste. Elle croit à la prédestination : de toute éternité, tu es sauvé ou damné.

— Tu le sais d'avance ?

— Oui. Je pense qu'on peut dire ça.

— Ça me paraît drastique.

— C'est Chevrier qui emploie ce mot-là ?

— Ça me paraît surtout mal pensé. Moi, si j'étais sûre d'être damnée, je cesserais de me débattre. Je cesserais d'aller à confesse. Je cesserais de faire des efforts.

— Tu fais des efforts, Jeanne-au-bûcher ?

— Oui.

— Ça ne t'a jamais empêchée de venir me rejoindre, ni dans un coin tranquille, ni entre deux murs.

— Je n'ai jamais réussi à m'empêcher de venir te rejoindre, mais j'essaie, je fais des efforts. Il y a un neveu de Madame Chevrier qui est prêtre. Il est venu l'autre jour. Moi, je prenais mon temps pour servir et pour desservir : pour tâcher d'entendre ce qu'il disait. C'était très beau.

Adam Thom s'esclaffait tout bas, lui entrait la langue au creux de l'oreille.

— Je l'ai entendu très clairement dire : il ne nous sera jamais demandé que notre effort.

— Chez nous, il ne s'agissait pas de seulement faire des efforts pour résister à la tentation. Il s'agisait de réussir.

— C'est difficile à comprendre, ce que tu dis. Puisque tu le sais d'avance que tu es damné. Ta mère était sûre d'être sauvée, elle ?

— Elle s'en est toujours fait accroire je pense. Mais c'était une femme forte.

— Comme tu dis ça, on dirait que tu avais peur d'elle.

— Évidemment, j'avais peur d'elle.

130

— Moi, je continue de penser que c'est imprudent de dire d'avance aux gens qu'ils sont sauvés ou damnés. J'aime mieux ma religion. On fait des efforts et quand on fait mal, on rougit.

— Tu es brûlante. Ma petite sorcière met le feu elle-même au bûcher? C'est un feu intérieur qui sort de partout?

— Je me sens drôle.

— Tu es vraiment brûlante. Dépêche-toi de rentrer. S'il fallait que tu sois malade.

Il l'embrassait, buvait sa salive.

— Si tu meurs, moi aussi.

— J'espère qu'on serait ensemble si on mourait de la même maladie. Suis ma religion, c'est beaucoup plus intelligent. Fais des efforts.

— Va-t'en maintenant. Fais attention. On n'entend rien. Suis le mur, c'est assez noir. Personne ne te verra.

— Adieu.

— Pouquoi adieu?

— Au cas où je réussirais à m'empêcher de venir te rejoindre.

— C'est l'évangile qu'il faut suivre. Seulement l'évangile: aime ton ennemi. Si tu cesses de l'aimer, il va mourir et son âme est loin d'être purifiée.

— Essayer de comprendre, c'est essayer de mettre la mer dans un petit trou: c'est une autre chose que j'ai sue.

— Où as-tu pris cette phrase-là? Dans l'imitation de Jésus-Christ?

Quelques soldats passaient dans la rue. Adam Thom serrait Jeannette contre lui: comme s'il n'allait plus la revoir jamais. Un dégoût lui était venu de tout le reste, de tout ce qui n'était pas elle.

— À lundi prochain. Ici.

— À lundi prochain. Ici.

Il lui laissait prendre de l'avance. Il restait là entre les deux murs à se tenir le ventre. Encore cette douleur à la poitrine qui descend jusqu'aux talons ensuite. Ne pas bouger. Rester là, à respirer doucement.

Je continue à faire figure de chien enragé. Je réclame des mesures rigoureuses : qu'on les pende tous. Tous les rebelles à l'échafaud. Tous les damnés à l'échafaud. Me vois-tu mère ? Regarde-moi. Quand j'ai parlé français pendant une heure avec Jeannette, on dirait que je me mets à penser en français. Et on dirait bien que je me mets à penser autrement.

Je ne vois plus les choses de la même façon. Les frères Bell me font encore plus horreur en français qu'en anglais. Pendez-les eux aussi, damnez-les eux aussi. Ça me donne des envies d'être sauvé avec ma mère quand je pense que les frères Bell seront damnés. Ceux-là, je ne donnerais pas cher de leur âme.

Si j'étais le grand dénommé, je ne ferais pas affaire avec les Bell. L'enfer est encore trop bon pour eux.

Des idées que les gens se font. On a le ciel et l'enfer qu'on s'invente. C'est un concours d'imagination.

J'aurais voulu avoir des nouvelles de Papineau. Pourvu qu'ils ne réussissent pas à le tuer. Combien de complots pour l'assassiner ? Des dizaines. Tout ce qu'il a fait, c'est parler. Moi, tout ce que j'ai fait, c'est écrire. Moi, je n'ai pas monté et démonté les foules. J'ai brûlé les lecteurs ici et là.

L'un des frères Bell a bien failli réussir à tuer Papineau. En revenant des États-Unis, il nous a raconté une histoire incroyable. Il se serait allié à un patriote qui voulait lui aussi tuer Papineau.

« Papineau et O'Callaghan avaient été prévenus. C'est évident qu'ils avaient été prévenus. »

Il me regardait comme si je les avais avertis tous les deux, moi-même. Attention Papineau ! Bell va vous mettre son couteau dans le coeur. Attention O'Callaghan ! Défendez votre grand homme.

Moi, je n'ai rien répondu à ses accusations muettes. Muettes mais claires : tout le monde m'a dévisagé.

Rien du tout. Je ne parle pas aux frères Bell. Je devais avoir l'air méprisant : c'est un bon air pour le Doric Club. On ne se compromet pas : on regarde l'accusateur d'un air hautain et méprisant.

« Vous me demanderez peut-être comment j'ai pu faire alliance avec ce patriote ? »

Mais les membres le méprisaient d'avoir manqué son coup et son histoire n'intéressait personne.

« La raison, c'est que je me suis rendu compte que sa haine pour Papineau ressemblait à la mienne. »

Adam Thom rentrait chez lui en longeant les murs.

Des soldats l'avaient vu, l'avaient rattrapé.

— Je me présente : Adam Thom, chasseur de patriotes.

Des clins d'oeil : il n'y a pas d'offense.

15

SI L'AGATE N'AVAIT PAS ÉTÉ CASSÉE, IL NE L'AURAIT PAS VUE

Papineau a voulu ce rideau de silence entre lui et les autres exilés. Le bruit circule de plus en plus que le chef des chefs s'est sauvé à l'heure du combat.

Mais Papineau ne voudrait plus y penser. Il ne voudrait plus rien savoir de Wolfred Nelson.

Il continue de faire tout ce qu'il faut faire : il rencontre des hommes d'État, des généraux. Il plaide la cause des patriotes. Les Américains l'admirent, l'écoutent volontiers. Mais Papineau sait que l'aide ne viendra pas : ni des États-Unis, ni de la France.

O'Callaghan est malade et Papineau est venu le voir. Pas question de longue marche aujourd'hui.

— Ne sois pas découragé, Papineau. Pas toi.

— L'aide aurait dû venir d'Angleterre. Si les hommes d'État anglais avaient eu de l'envergure, l'aide serait venue de là. C'était notre seul allié possible.

— C'est toi qui dit ça ?

— Hier, je ne pouvais pas dormir. Je me répétais mes discours : du loyalisme pur, O'Callaghan.

— Qu'est-ce que tu disais au juste ? T'en souviens-tu mot pour mot ?

— Oui. Je les ai toujours sus par coeur. Même ceux que j'improvisais. Il m'arrivait de changer toute la finale au dernier moment. Mais j'avais quand même l'impression de les savoir par coeur. Je peux t'en dire des bouts si ça ne te donne pas mal à la tête.

— Fais-moi des discours Papineau. À défaut de contes de fées.

— C'était à la mort de George III. Je venais d'être réélu par acclamation : « La nécessité des élections provenant de cette grande calamité nationale, la mort du bien-aimé souverain qui régnait sur les habitants de ce pays depuis qu'ils sont devenus sujets britanniques, il est impossible de ne pas exprimer des sentiments de gratitude pour les nombreux bienfaits reçus de lui et de chagrin pour sa perte si profondément ressentie parmi nous comme dans toutes les autres parties de ses immenses possessions. Chaque année de son long règne a été marquée par de nouveaux bienfaits accordés à ce pays. Il faudrait plus de temps que je n'en dispose pour les énumérer. Qu'il suffise de comparer notre heureuse situation avec celle de nos pères, à la veille du jour où George III est devenu leur souverain légitime. Qu'il suffise d'observer que sous le gouvernement français, les intérêts de cette colonie ont été négligés et mal administrés plus souvent que ceux d'aucune autre partie des possessions françaises. »

— Tu as vraiment dit ça, Papineau ? Si tu avais su l'avenir, l'aurais-tu dit quand même ?

— Je continue de croire que l'Angleterre aurait pu être notre alliée, notre amie. J'avais une grande admiration pour sa tolérance religieuse surtout.

— Sa tolérance religieuse ?

— Ici, en Canada, je veux dire, ils ont fait preuve de tolérance.

— En 1774, ils ont eu peur oui. Si les tiens s'étaient alliés aux Américains, l'Angleterre perdait pied en Amérique. C'est ça la tolérance religieuse de l'Angleterre. Je suis Irlandais, moi, Papineau. Je sais des choses moi aussi.

— J'avais de l'admiration pour le parlement.

— Je sais Papineau. Si c'était vrai, ce serait beau. À l'usage, tu t'es rendu compte de ce que ça donnait.

— Je continue de croire qu'on aurait pu vivre en harmonie. Un gouvernement responsable, un Conseil législatif éligible.

— Les quatre-vingt-douze résolutions, si je comprends bien. Un jour orageux, le jour des quatre-vingt-douze résolutions.

O'Callaghan regarde Papineau marcher de long en large dans sa chambre trop petite et trop encombrée.

— Si tu reprenais à partir de là, Papineau. S'il t'était donné de reprendre ta vie là, ferais-tu ce que tu as fait ?

— J'en rêve la nuit O'Callaghan.

— Moi, j'avais un ami qui était théologien.

— Était théologien ? Il a été excommunié ?

— Il est mort avant de l'être. Il disait que seul Dieu pouvait faire qu'une chose passée ne soit pas arrivée. Il disait que Dieu pouvait effacer des choses de son omniscience.

— Parler de Dieu m'a toujours aéré l'esprit. Comme un vent des hauteurs.

— Maintenant que tu sais ce que tu sais Papineau, si tu reprenais le fil à la session de 1834, à la session des quatre-vingt-douze résolutions, referais-tu la même chose ?

— Non. Ce que j'ai fait, je le referais mieux. Je convaincrais tout le monde : le gouverneur, les modérés et même le parti anglais.

— Adam Thom et le Doric Club ?

— Non. Adam Thom, je le garderais comme avocat du diable. Mais les autres, je les convaincrais : les marchands anglais auraient eu tout à gagner au fond.

O'Callaghan respire difficilement. Papineau l'aide à se relever un peu.

— J'ai écrit une biographie de toi, Papineau. Veux-tu la lire ?

Papineau lit le texte d'O'Callaghan debout, en marchant un peu de temps en temps.

« Monsieur Papineau était le chef de la jeune et brillante minorité qui s'efforça, dans la Chambre d'assemblée, d'éviter à la province un conflit avec les États-Unis. Il vit de bonne heure

137

que les meilleurs intérêts du Canada consistaient en une étroite amitié avec les États-Unis, avec lesquels, en raison de la position géographique et des échanges commerciaux, il lui était plus naturel d'être intimement lié qu'avec une puissance d'outre-Atlantique. Il prévoyait en même temps la souffrance et la misère qu'une guerre entraînerait au Canada, tout en ne procurant d'honneur (si honneur il y a) qu'à l'Angleterre. Inspiré par ces vues patriotiques, il a essayé d'éviter à son pays toute participation à cette guerre et de fait, à toutes les guerres anglaises. Ses efforts ont malheureusement échoué. La guerre éclata et il servit comme capitaine jusqu'au retour de la paix. »

Papineau continue de lire.Il se voit sans se voir dans le texte d'O'Callaghan et ne se reconnaît pas vraiment. C'est beau, c'est flatteur et en même temps, c'est O'Callaghan qu'il y reconnaît : l'amitié sans condition d'O'Callaghan.

Papineau lit toujours. O'Callaghan s'est endormi. Il est d'une pâleur inacceptable : on dirait un mort et Papineau voudrait s'agenouiller.

Il met la biographie de Louis-Joseph Papineau, Orateur de la Chambre d'Assemblée du Bas-Canada, sur la table de travail d'O'Callaghan et sort doucement.

Un désoeuvrement total : jamais il ne s'est senti aussi complètement seul, aussi complètement sorti de sa vie surtout.

Le printemps d'Albany ! Plus précoce qu'au pays. À la Petite Nation, il m'arrivait de faire de grands projets : je planterais des lignées d'arbres, je bâtirais une grande maison, je ferais un village à partir de rien.

Il m'arrive de penser que j'aurais mieux fait de cultiver mon jardin à la Petite Nation. Je me suis cru utile à ma patrie. Je me suis cru indispensable. Sans moi, ils auraient suivi les modérés de Québec. Sans moi, ils n'auraient rien su des quatre-vingt-douze résolutions.

Il me semble que je n'ai pas de nouvelles du pays. Pas vraiment. Je ne sais pas ce qui se passe.

Il a pris la rue principale, la rue des magasins, des hôtels, des banques. Il sait où il va sans vouloir se l'avouer.

Elle ressemble à Julie : c'est ma seule excuse. Julie à dix-huit ans.

Papineau est entré dans le petit restaurant français. Il s'est assis près de la fenêtre, comme d'habitude.

— Vous êtes venu de bonne heure, Monsieur Papineau. Le restaurant n'est pas ouvert encore. Mais quand je vous ai vu venir, je n'ai pas voulu vous laisser attendre. Je vais vous apporter un apéritif. Voulez-vous les journaux ?

Le restaurateur est parti et Papineau lit le journal d'Albany sans prêter grande attention : il est ailleurs.

La fille du propriétaire est venue s'asseoir avec lui.

— Seulement deux minutes. Mon père est à la cave. Vous avez des nouvelles de votre pays ?

— Non. Pas de nouvelles depuis plusieurs jours. Vous avez un beau sourire : un sourire qui fait le printemps.

— Vous me gênez quand vous me regardez comme ça.

Papineau voudrait l'amener avec lui : quelque part. Il pense à Julie, à sa pauvre Julie : brave et forte et souffrante.

— Pensez-vous rester encore longtemps à Albany ?

— Je ne sais pas.

Papineau en est à se dire qu'il n'a jamais eu si peu d'avenir. Ses biens en Canada sont de plus en plus minces, sa femme de plus en plus malade, ses enfants sont nerveux et difficiles à prendre. Lactance surtout est impossible. Il continue de m'envoyer des lettres illisibles.

Marie-Anne lui sourit et il se demande ce qu'elle peut bien voir en lui. De lire la biographie d'O'Callaghan l'a rendu mal à l'aise. Il me tend un miroir et je ne me vois pas. Je ne vois rien : comme les sorcières. On disait qu'elles ne pouvaient jamais se voir dans un miroir

— Pourquoi me souris-tu ? Pour me consoler de mes malheurs ?

— Non. Je sais bien que je ne pourrais jamais vous consoler de vos malheurs. Ils sont trop grands.

— Qui t'a dit ça ?

— Mon père est au courant. Il y a d'autres exilés qui sont venus ici, l'autre jour. Mon père les a entendus parler.

— Qu'est-ce qu'ils disaient?

— Que vous vouliez rester seul. Que vous prépariez quelque chose.

— Ils n'ont pas dit ce que je préparais?

— Mon père entendait des bribes de conversation seulement. Ils parlaient bas mais ils parlaient souvent de vous, ça c'est certain. Mon père entendait toujours: Papineau, Papineau. Comme des litanies.

Papineau lui aurait parlé de son sourire encore, lui aurait parlé de ses yeux très doux et de quoi encore. Je ne suis pas un vieux fou pourtant: pas déjà. Demain j'aurai de l'avenir, demain j'aurai une femme vivante, des enfants viables. Demain. Aujourd'hui, je suis fatigué et pourtant, si j'étais vraiment libre, je lui dirais des choses convaincantes.

— Vous souriez vous aussi. J'aurais voulu entendre vos discours. Ceux qui sont venus l'autre jour disaient...

— Qu'est-ce qu'ils disaient encore? Je pense qu'ils commencent à m'en vouloir.

— Ils disaient que pour parler, vous n'aviez pas votre pareil au monde, mais que pour agir...

— Continue.

— Ils disaient que vous ne saviez pas.

Comme si ses discours n'avaient pas été de l'action.

— Vous êtes en colère. Je n'aurais pas dû vous raconter ça. Je suis la pire des bavardes.

— Ça me fait du bien de me mettre en colère. Ça me réveille. Je me suis levé trop doux ce matin, je ne me reconnaissais pas.

Pour la voir sourire encore. Elle place les verres et les serviettes sur la tables. Son père est entré.

— Votre apéritif, Monsieur Papineau. J'ai eu de vos amis à dîner la semaine passée. Il ont parlé de vous tout le temps du repas. Qu'est-ce que ça donne d'être un héros national?

Papineau a levé son verre sans répondre.

— Évidemment, vous en êtes encore à subir vos épreuves. Un héros, il faut que ça passe des épreuves.

Il s'affaire autour des tables en riant et en continuant de dire n'importe quoi.

Papineau irait marcher le long du bois de sapins avec elle.

Il ne lui parlera de rien. Je ne peux pas lui demander de venir. Mais si elle me suivait de loin, si elle me rejoignait en ce lieu tranquille, nous pourrions marcher ensemble. Des envies lui sont venues de boire le sourire de Marie-Anne. Le printemps d'Albany est trop doux et je n'ai pas d'avenir aujourd'hui. Demain, je travaillerai à l'avenir du pays. De le dire lui fait sentir encore mieux la vacuité de ce jour qui lui est donné. Demain j'effacerai l'infidélité de mon omniscience : comme Dieu.

Le mot infidélité l'arrête. Il est sorti du restaurant sans même regarder Marie-Anne. Mais il marche lentement. Il s'arrête de longues minutes devant une vitrine de librairie. Il entre, feuillette quelques livres. Le temps qu'elle s'en retourne. Elle ne doit pas venir. Si seulement elle m'avait suivi.

Les poèmes de Robert Burns. Il l'ouvre au hasard.

I lock'd her in my fond embrace;
Her heart was beating rarely:
My blessings on that happy place,
Among the rigs o'barley!
But by the moon and stars so bright,
That shone that hour so clearly
She ay shall bless that happy night
Among the rigs o'barley.

Papineau est sorti de la librairie. Il a tourné la tête : personne. C'est bien comme ça.

Mais il prend quand même le chemin de l'allée près du bois. Là où la tentative d'assassinat a eu lieu. Là où nous avons tant marché O'Callaghan et moi. Tant marché, tant parlé. Là où nous nous sommes tus. Par moments, il se sentait obligé de parler tout seul. Que je n'aie pas complètement perdu la parole.

Les maisons se sont espacées. Plus rien, plus personne. Le bruit du vent dans les sapins, le bruit de mes pas sur la terre qui sèche, qui luit de tous ses cailloux.

141

Papineau s'est penché. Une fissure du sol laisse voir une agate striée, coupée en deux. Comme un oeuf. Papineau a réussi à dégager les deux morceaux. Il les regarde au soleil : des tons de jaune, de rouille et de brun. La lumière va jusqu'au fond et multiplie encore les stries.

Ce n'est pas lui qui marche. Quelqu'un vient. Il ne s'est pas retourné. Si c'est un assassin, le héros ne passera pas l'épreuve. Le dragon frappe et tue. Moi, je ne me retourne pas. Je continue de concentrer mon attention sur l'agate. Une moitié dans chaque main. Comme des cadeaux. Quelqu'un à qui faire un cadeau.

Papineau écoute qui vient. Il a replacé les deux moitiés de l'oeuf l'une sur l'autre. Elles s'ajustent : la fissure est nette, parfaite. Si l'agate n'avait pas été cassée, je ne l'aurais pas vue. L'extérieur est rugueux, gris-brun.

— Monsieur Papineau.

Il se retourne lentement. Elle est venue. Le poème de Robert Burns lui revient aux oreilles comme s'il l'avait entendu et non lu. « *I lock'd her in my fond embrace ; Her heart was beating rarely : My blessings on that happy place, Among the rigs o'barley.* »

— Monsieur Papineau !

Elle lui avait touché le bras.

— Je suis venue marcher avec vous.

I lock'd her in my fond embrace ;
My heart was beating rarely.

— J'ai trouvé une agate. Regardez.

Et il ouvre l'oeuf, lui montre les deux moitiés qui brillent au soleil de toutes leurs couleurs.

— C'est une agate ? Je n'en ai jamais vue ici.

— C'est une agate striée. Je l'ai trouvée dans la fissure, ici. Au printemps, les fissures de terrain sont fréquentes.

— Parlez-moi encore Monsieur Papineau. Ça me fait plaisir quand vous me parlez.

Papineau, une moitié d'agate dans chaque main l'a prise dans ses bras. Il referme l'oeuf derrière le dos de Marie-Anne et le pressentiment lui semble bon.

« I lock'd her in my fond embrace. »

Tout le printemps d'Albany. Et le printemps de son pays lui est rendu.

Demain j'aurai de l'avenir. Demain j'aurai un pays. Le pressentiment est bon.

Elle ne se dégage pas : elle reste là, à respirer doucement. Comme dans le poème. À respirer de temps en temps.

Il la regarde de près, les mains encore soudées derrière elle.

— Je ne pensais pas que vous viendriez.

— J'ai dit à mon père que j'allais à la chapelle de Saint-François, que j'avais fait une promesse. Parlez-moi encore Monsieur Papineau. Moi aussi je veux entendre vos discours.

— Vous voulez que je vous dise un poème ? Je viens d'en lire un à la librairie.

— C'est un poème d'amour ?

— Il y en a d'autres ?

Son sourire, son rire. Le printemps.

Si j'étais complètement libre, tout ce que je serais capable d'inventer. Demain, je reprends ma vie où je l'ai laissée. Demain, je recommence à vivre.

Elle écoutait, la bouche un peu ouverte. Les dents luisaient.

I lock'd her in my fond embrace;
Her heart was beating rarely :
My blessings on that happy place
Among the rigs o'barley.

16

RELISEZ LA FABLE DE LA FONTAINE, MONSIEUR PAPINEAU

Julie avait écrit à Papineau que les malheurs allaient en augmentant.

Malheureux pays. Le mot de Julie le suit dans les visites qu'il fait aux hommes d'État et aux militaires.

Le gouvernement américain ne veut pas la guerre avec l'Angleterre. C'est tout ce qu'il comprend. On ne lui dit pas autre chose au fond.

— Vous vous êtes battus pour rester colonie anglaise en 1812. C'est trop tard maintenant. Les traités sont signés. Comment voulez-vous que le gouvernement américain vous aide sans déclarer la guerre à l'Angleterre?

Le général est venu voir Papineau. Il a des lunettes d'écaille et des vêtements civils.

— J'ai voulu vous connaître, Monsieur Papineau. J'ai beaucoup entendu parler de vous.

Papineau lui offre le thé dans la salle à dîner des Porter.

— Restez aux États-Unis, Monsieur Papineau. Vous avez trop d'ennemis là-bas. Faites venir votre famille et ne retournez pas.

Le général parlait un français lent, à peine cassé. Comme il disait : là-bas, Papineau se sentait étranger à Albany : pour toujours et à jamais étranger.

— Je connais la situation où vous vous êtes mis. Le Bas-Canada et le Haut-Canada sont en mauvaise posture. Les deux Canadas sont perdus. Je veux dire que vous n'avez qu'à vous soumettre, pour le moment du moins.

— J'irai en France.

— Je connais les chefs politiques français, Monsieur Papineau. Ils ne déclareront pas la guerre à l'Angleterre pour vous aider. Vous êtes un grand homme, Monsieur Papineau, mais vous avez de grandes candeurs. Vous avez commencé par faire confiance à Georges III, ensuite aux Américains et vous me parlez des Français.

— Personne n'est donc digne de confiance ?

Le général avait enlevé les lunettes d'écaille qui lui donnaient des vertiges.

— Personne. Relisez la fable de La Fontaine. Tant que vous compterez sur vos voisins pour faire votre récolte, elle ne se fera pas. Quand vous vous déciderez à faire votre révolution, préparez-la et faites-la vous-mêmes. Ne comptez sur la bonne volonté de personne d'autre.

— La Fayette vous a aidés.

— C'est vrai. C'est quand vous décidez de tout faire vous-même qu'il vous arrive de l'aide de partout.

Le général fumait, restait sans parler.

— Restez avec nous. Vous êtes fait pour la liberté. Vous mourrez si vous retournez là-bas. Je sais que l'Angleterre sévira. Il y aura toutes sortes de condamnations, toutes sortes d'expéditions punitives : c'est la façon de faire de Colborne et de ses pareils. Je les connais. Ne retournez pas là-bas. Jamais. Ils vous pendraient. Ne retournez jamais là-bas.

Il avait serré la main de Papineau.

— J'aurais voulu vous connaître quand vous étiez l'Orateur de la Chambre d'Assemblée.

— Je ne peux pas abandonner mon pays dans le malheur. J'aurais l'impression de tirer mon épingle du jeu. Un jour, je retournerai. Il me sera donné de sauver mon pays un jour.

Le général n'avait pas vraiment haussé les épaules. Papineau s'était redressé, l'avait regardé marcher le long du petit trottoir de pierre.

Une envie de retourner au Canada : advienne que pourra. Tout de suite. Qu'est-ce que je fais ici ?

Ils te pendront Papineau. Ils n'oseront pas pendre Papineau. Papineau n'a pas pris les armes. Le temps est à la résignation et à la paix : c'est Julie qui me le dit.

Aller en France et obtenir les mêmes réponses qu'ici : pourquoi ferions-nous la guerre pour vous ? « Qui êtes-vous ? Louis XV vous avait déjà donné une bonne idée de ce que la France était en humeur ou en mesure de faire pour vous ». Le voyage en France est inutile. Et pourtant, j'irai en France.

Ici, j'ai fait ce qu'il fallait faire. Combien de consultations, combien de visites ! Toutes inutiles et pourtant, il fallait les faire.

En France, ce sera le même chose. Je saurai ce que j'avais pressenti : l'inutilité de faire appel aux voisins pour faire notre révolution. Le général à lunettes a raison. Il a fait le voyage pour me voir : on lui avait dit que j'étais un Orateur admirable. Qu'est-ce que je pouvais encore vous dire, général ? J'aurais pu vous réciter mes discours d'antan. Séparés du contexte, vous les auriez trouvés étonnants, je le sais. Si je vous avais récité ce que je disais en 1825 :

« Qu'il me soit permis, au nom des fidèles et loyaux sujets de Sa Majesté, ses Communes du Bas-Canada, d'exprimer leur reconnaissance pour la facilité de l'accès, l'urbanité de l'accueil, la franchise dans les communications, la variété et l'importance des renseignements propres à faciliter leurs travaux législatifs qu'ils ont en tout temps obtenu de Votre Excellence. Vos efforts pour rétablir l'harmonie entre les autorités constitutionnelles ont été couronnés d'un plein succès qui vous garantit la reconnaissance durable de l'Assemblée et du peuple qu'elle représente. »

Papineau se revoit encore. Quelque chose avait été gagné. Il fallait tout arracher.

Le début de discours qu'il vient de se répéter l'a rendu fou.

Il s'est mis à lire, à écrire, à lire encore. Un besoin le prend de revoir ses discours comme s'il pouvait enfin savoir ce qu'il disait à ce moment-là. Tout prend un nouveau sens.

À la lumière de la révolution de 1837, tout est différent. Je répète ce que j'ai dit, les discours que j'ai faits et c'est moi, pas le général à lunettes, qui suis plongé dans l'étonnement.

C'était en 1827. Robert Christie venait d'être élu en Gaspésie. C'était mon ennemi et moi, je le traitais de fourbe.

« En obéissance à l'ordre de Votre Excellence, la Chambre d'Assemblée de la Province du Bas-Canada a procédé à l'élection d'un Orateur et je suis la personne sur laquelle l'honneur de son choix est tombé.

Lorsque je considère, Monsieur, les devoirs pénibles attachés à cette situation élevée, et que je compare mes talents et mon habileté pour les remplir d'une manière qui réponde à leur dignité, je sens fortement mon insuffisance à cet effet : et dans cette persuasion, j'aurais dû implorer Votre Excellence de ne point me laisser entreprendre cette charge, si l'Assemblée, en m'élisant de nouveau, ne l'eût emporté sur mon jugement. »

Le gouverneur, lui, n'avait pas approuvé le choix de l'Assemblée. Tout ce qu'on peut se laisser aller à dire dans tous ces discours qu'on fait !

C'était une navigation pleine d'illusions. Il me semble que je ne saurais plus faire des discours comme ceux-là. Je ne pourrais plus jamais implorer Son Excellence pour telle ou telle chose. Je ne saurai plus jamais parler. C'est comme si tout ce que j'ai dit se retournait complètement.

J'ai vécu. Nous avons vécu intensément. Nous nous sommes battus. Fallait-il se taire ? Nous n'étions pas des barbares. Nous tenions à faire les choses dans les formes, comme disait mon père.

Augustin-Norbert Morin venait me voir. Il n'était pas reluisant. Les Anglais le trouvaient miteux. Mais moi, je n'ai jamais eu tant de plaisir à parler avec personne d'autre. Il n'y a rien qu'il ne savait pas. Il brûlait tout le temps.

« Toi, Papineau, tu leur parleras. »

Il n'avait rien d'un orateur, rien d'un homme d'action non plus. Mais ce qui coulait de ses yeux, c'était une lave de génie.

« Toi, Papineau, tu vas pouvoir leur faire comprendre ça. »

Il avait une confiance en moi qui me touchait plus qu'il

n'aurait fallu. C'était de la pitié que j'avais pour lui et pourtant, ce n'était pas une pitié qui aurait pu l'humilier : je le sentais tellement vulnérable. Il avait trop d'âme et trop d'esprit.

« Toi, Papineau, tu es capable de faire ça. »

« Je suis ton porte-parole, Morin. »

Il le croyait et je n'étais pas loin de le croire moi aussi.

C'était lui, l'inspirateur des quatre-vingt-douze résolutions. Au fond, c'était lui.

« Lis-les, Papineau. Lis ça. »

Papineau n'a pas dîné. Il a remercié ses hôtes. Non, il a pris le thé, il ne désire pas dîner.

À l'heure où les malheurs vont en augmentant, Papineau voudrait être au coeur de l'action. Au coeur du malheur. Il s'est collé au mur de sa chambre comme devant un peloton d'exécution. L'idée d'être pendu le fait vomir. Et c'est pourtant ce qu'ils vont faire : ils vont les pendre.

Dis encore que tu as eu raison Papineau. J'ai eu raison. C'est une opération punitive qui n'a pas sa raison d'être. Les patriotes se sont levés pour défendre leur patrie.

Trois coups sur la porte et Papineau sort de son obsession. C'est Monsieur Porter qui lui apporte une lettre.

— Vous devriez dîner, Monsieur Papineau. Qu'est-ce que vous gagnez à vous affaiblir ?

— Ma femme m'écrit que les malheurs vont en augmentant. Je pense que je voudrais être là-bas avec eux. Au cachot, sur l'échafaud. Partout où ils sont, je voudrais être avec eux.

— Cet homme qui est venu aujourd'hui, il ne vous a apporté aucun espoir ?

— Aucun. Votre pays n'a pas l'intention de déclarer la guerre à l'Angleterre pour nous aider.

— Je vous laisse lire votre lettre.

— Bonne nuit, Monsieur Porter.

— Ne deviez-vous pas voir Monsieur O'Callaghan aujourd'hui ?

— Il est à New York. Il avait des choses à faire imprimer.

Monsieur Porter voudrait offrir à Papineau d'aller marcher

149

avec lui. Il serait devant un mammouth malade qu'il ne se sentirait pas plus impuissant.

C'est une lettre de Lactance. Il est copiste chez un notaire depuis quelques semaines mais il est distrait et pense à toute autre chose qu'à faire son travail. Papineau se force à respirer calmement. Il rétablit la justice en son propre coeur. Cet enfant lui a toujours semblé insupportable.

J'ai toujours fait pour lui tout ce qu'il a fallu faire. Toujours par devoir. Il l'a toujours senti. J'étais si occupé. Tellement pris par tous ces travaux à l'Assemblée, tous ces soucis d'argent que j'avais. Et Julie qui traînait toujours quelque maladie, quelque douleur : ma forte Julie pourtant. Tous ces deuils dans la famille. J'aurais voulu que Lactance cesse de me regarder comme il me regardait : la bouche serrée sur l'admiration, sur une admiration totale. Je ne le supportais pas. Je n'étais pas doux avec lui, je le sais. Ensuite, il s'est mis à avoir des défauts d'élocution et ça me rendait fou.

Papineau regardait la lettre de Lactance sans la lire. Il regardait la calligraphie. C'est une façon de parler : calligraphie n'est pas le mot qui convient. Et il est copiste ! Julie me dit que le notaire lui trouve une très belle écriture. C'est seulement quand il m'écrit à moi qu'il se met à avoir des défauts d'écriture, comme il avait des défauts d'élocution.

Lactance a dû déchirer plusieurs pages. On dirait que c'est le milieu de la lettre. Pas de salutation, rien.

« Je ne sais rien faire. Ni médecin, ni prêtre, ni rien. Il faudrait pourtant que je m'invente une vie à moi. »

Papineau déchiffre lentement. Il déchirerait toutes les feuilles s'il s'écoutait. Une impatience démesurée.

Quand je pense qu'il dit à Julie que c'est lui qui me ressemble le plus de tous mes enfants. Des années de mutisme presque complet. Quand il parlait, on aurait dit que ce n'était jamais en son nom.

« Je pense que je n'en sortirai plus. Je fais encore des dessins. Toi, tu faisais des discours, moi, je fais des dessins. Tu les reconnaîtrais, je pense.

Mais je souffre du gros mal. Le mal de Dieu, puisque je dois le nommer. J'essaie de prier pour la patrie. Les dents me tombent de la bouche. Comme les hommes de Jacques Cartier qui souffraient du scorbut. »

Papineau lisait debout, appuyé au mur, comme devant un peloton d'exécution. Les mots de la lettre de Lactance comme autant de coups tirés. Qu'est-ce qu'il essaie de me dire ? On jurerait que c'est un langage chiffré.

« Mes dents sont toutes minées jusqu'à la racine. Quand on parle trop ou qu'on dessine trop, c'est ce qui arrive. Tous les mots sont désarticulés.

Je prie Dieu d'exister. C'est la seule prière que je peux encore faire.

Toi, Papineau, toi l'Orateur, existe donc toi aussi. Tu as tant parlé et moi qui te demandais de me dire quelque chose.

Je ne guérirai jamais de la révolution. Je pense que j'ai dû être blessé à mort. C'était une révolution prise entre des restrictions mentales.

Pour moi, l'avenir, c'est la dérision de ce qu'on a voulu être : pour celui qui s'est voulu roi, l'avenir c'est une couronne d'épines, pour celui qui s'est voulu célèbre, l'avenir c'est la première page d'une gazette infamante.

C'est toujours ce qu'on a le plus craint qui arrive. Le châtiment spécifique, c'est celui qui nous est imposé.

Qui veut faire l'ange, comment peut-il faire la bête ? Le sais-tu, toi ? Qu'est-ce qui peut s'être passé ? Il y a eu de l'escamotage. C'est impossible, autrement.

Je veux faire l'ange. J'ai toujours voulu faire l'ange. J'ai toujours retenu la bête de paraître. Qu'est-ce que tu penses de moi aujourd'hui ?

J'ai fait un dessin pour m'aider à comprendre. J'ai entouré la bête de noir pour mieux la cacher : la bête à ne montrer à personne. J'ai compris qu'à faire l'ange, on souligne la bête.

Je ne guérirai jamais de la révolution : je n'en sortirai jamais : c'est effrayant, mais c'est comme ça.

Et toi, tu ne sors jamais de moi. Je suis possédé de toi. Il faut que je te l'écrive. Tu n'y pourras rien.

La bouche ouverte d'admiration, c'est ce que j'avais et tu rageais de me voir si stupide. Je t'aimais autant que l'Autre. Le Verbe au commencement du monde.

Moi, tu sais, je n'ai jamais été capable de prier comme on prie normalement. J'ai toujours souffert au lieu de prier.

Toutes les fuites, tous les mensonges, tous les escamotages ne font que marquer davantage ce qu'on voudrait se cacher.

Je t'aime encore, Papineau Orateur. Même si toi, il y a longtemps que tu ne peux plus me souffrir. De t'avoir trop aimé m'a laissé incurable. Tu veux des fils qui te font honneur : des fils qui te ressemblent.

C'est moi qui te ressemble. Les autres n'ont de toi que le nom.

Je suis copiste chez un notaire d'ici. Tu le sais sûrement. Rassure-toi. Je fais des efforts. Mais ce n'est pas ma place.

Quand j'aurai éliminé toutes les places où j'aurai passé, je pourrai dire ce que je sais déjà : il n'y a pas de place pour moi dans le monde.

Ce que j'aurais voulu, c'est ta vie. Avec tous les discours, tous les ennemis, tous les malheurs. Tu vis tout ça en moi. Je suis possédé de toi : il fallait que je te l'écrive. »

Papineau est épuisé. Des discours de trois heures en Chambre ne m'ont jamais fatigué à ce point-là.

Il a froissé les feuilles écrites à l'encre noire. Il sent le besoin de les déchirer et de les brûler dans le foyer.

Il fait noir déjà. Le déchiffrement a été long. Mot à mot. Quel besoin peut-il avoir de me dire de pareilles choses.

Et toi, quel besoin as-tu, Papineau, de lire ces choses qu'il t'écrit ?

C'est le printemps et j'ai trop d'énergie. Le printemps à Albany me rend le printemps de mon pays.

La lettre de Lactance m'a épuisé : plus qu'une nuit d'amour.

Marie-Anne serait là avec moi.

I lock'd her in my fond embrace.

17

REGARDE-TOI, PAPINEAU ORATEUR

Papineau n'est pas sorti de sa chambre depuis deux jours. Il dort.

Ses hôtes sont inquiets. Ils ont fait venir leur médecin de famille qui ne sait trop quoi leur dire.

« Laissez-le dormir encore cette nuit. Le coeur est bon. Demain, il se réveillera de lui-même. Il devait être épuisé. La nature se reprend. »

Ils ont refermé la porte doucement.

Papineau les a entendus parler : de loin, de très loin.

Il se demande si c'est un rêve qu'il fait. On dirait que non. Il fait trop noir pour lire la lettre de Lactance. Il faut pourtant que je la lise : instaurer la justice dans mon propre coeur d'abord.

Il dit qu'il m'envoie mon portrait : tu le trouveras à la fin de ma lettre. Papineau n'ose pas le regarder. Sous la lettre, sous les mots pointus, difficiles à lire, je sens les lignes du dessin. Il me décrit le dessin, comme s'il fallait d'abord que je l'imagine avant de le regarder.

Il parle de passes que je ferais : comme un magicien. Mon ressort est brisé : je ne peux plus faire de passes. Il répète toujours : regarde-toi. Mais je n'ose pas sortir le dessin caché sous la lettre. Derrière toi, Papineau Orateur, c'est le paysage noirci où ta parole a passé. Les petites masses partout, sont des têtes brûlées qui continuent de se consumer. Ce qui est dangereux dans un discours, c'est ce qui dépasse la pensée : les images forcées, enflées. Regarde-toi !

Papineau est en sueur. Il tire le dessin, réussit à le voir un peu. Mais ses yeux se ferment. Papineau veut voir le dessin de Lactance mieux que ça.

Tout ce qu'il voit sur le papier, c'est une sorte de pauvre clochard agenouillé au milieu d'une sorte de brûlé.

Regarde-toi, Lactance continue de le dire à toutes les lignes de sa lettre. Regarde-toi, Papineau Orateur : défiguré par la peur, incapable de sauver la patrie.

Regarde ton beau visage déformé.

Papineau veut voir le dessin. La lumière de son rêve est faible et s'éteint toujours. Comme une lumière noire qui soulignerait le dessin.

Il se force les yeux. Regarde-toi. Ce qu'il réussit à voir en tenant le papier tout près de son visage, c'est un masque délirant, obscène. La bouche ouverte sur des mots déchirants, désespérés.

Papineau regarde au fond de la bouche du dessin pour savoir pourquoi il s'est mis à douter de sa parole au Conseil de guerre.

C'est la foudre qui a brisé le ressort. Regarde. C'est pour ça que tu as toujours mal à la gorge. Vois-tu ?

Papineau regarde le dessin dans les yeux. De près. Les yeux sont hantés, hagards. Les sourcils sont comme des ailes de chauve-souris.

Regarde-toi, Papineau Orateur. L'écriture de Lactance devient complètement illisible par bouts, et Papineau se met à deviner tous les mots.

L'épouvante est tombée sur toi comme la foudre, comme le doute. Pourquoi as-tu douté ? Au Conseil de guerre, il était temps encore. Tu te serais levé, tu aurais assis Nelson de force. Tais-toi Nelson, le temps n'est pas venu de fondre des cuillers. Le temps est venu de nous servir de toute notre énergie pour réussir la révolution de l'esprit, la révolution du coeur. Il faut enterrer les mauvais fusils, les canons rouillés. Écoutez-moi, vous que j'aime plus que tout au monde.

Papineau se bat avec Nelson qui veut l'empêcher de parler. Taisez-vous Papineau. Allez-vous-en Papineau. Le temps des discours est fini. Sauvez votre précieuse vie.

Non, Nelson. Et Papineau réussit à l'asseoir. Non, le temps des discours n'est pas fini. Il commence. Le temps des vrais discours. Je me sens porté par toute votre énergie, vous tous qui m'écoutez. C'est maintenant que je vais parler. Les mandats d'arrestation ne sont qu'une feinte. Le gouverneur Gosford me l'a dit. Ils nous relâcheront. Ils ne pourront pas faire autrement que nous relâcher et c'est eux qui perdront la face.

Nelson se relève toujours, veut toujours faire taire Papineau, lui met la main devant la bouche. Nelson parle encore de fondre des cuillers.

Papineau lui a mordu la main. Un goût de sang et une volonté de parler encore. Je suis capable de convaincre la foule de ne pas écouter Nelson. La révolte armée est vouée à l'échec et vous le savez. C'est la révolte parlée qui nous sauvera. Écoutez-moi. C'est moi, Papineau, votre Orateur. C'est la parole qui nous sauvera tous. Les mandats d'arrestation ne tiendront pas. Ce qu'ils veulent, c'est nous empêcher de parler, de parler, rien que de parler. Il faut continuer de parler. Non, Nelson, gardez vos cuillers pour manger. C'est un piège, les mandats d'arrestation. Gosford me l'a dit. Tout ce qu'ils veulent les autres, c'est nous forcer à la guerre contre une armée organisée. Ils vont nous écraser, nous réduire au silence si on tombe dans le piège. C'est un piège, les mandats d'arrestation, je vous le jure. Retournez chez-vous, ne vous laissez pas tenter par vos vieux fusils rouillés. Enterrez-les. Il faut vous battre en parole. C'est par la parole que vous vaincrez.

Papineau s'est éveillé en sueur. Il est pris d'un grand frisson.

Il s'est levé. Deux heures. Le rideau n'a pas été tiré et la nuit est noire. À peine une lueur au fond.

Une bonne friction avec une serviette sèche et il se sent mieux. Les draps ouverts sont encore humides. Il s'est assis dans le fauteuil et s'est mis à lire. Son rêve lui revient et le dessin de Lactance ressort, lui revient en mémoire : plus clair que jamais.

Lactance a toujours aimé faire des portraits. Il nous voyait autrement que les autres. Il voyait des choses que personne n'avait remarqué. Quand ma petite fille est morte, il l'avait su qu'elle mourrait. Julie avait déchiré le portrait qu'il avait fait d'elle : comme s'il la tuait en la dessinant de cette façon-là.

Papineau continue de lire son livre. Mais il frissonne encore. De plaisir : c'est bien de plaisir. Comme si quelqu'un venait de lui annoncer une bonne nouvelle.

Comme si j'avais enfin trouvé ce que je cherchais depuis longtemps.

Il lisait et savait que désormais le découragement était enterré. Il allait continuer à lutter jusqu'à sa mort qu'il fixa à 85 ans.

Le livre pesait doucement dans sa main gauche. Il revit l'agate striée qu'il avait donnée à Marie-Anne. Elle était si contente.

Une grande paix lui venait du livre qu'il lisait, de la nuit, et d'avoir encore très longtemps à vivre. Puisqu'il l'avait décidé, il tiendrait parole. Le Cardinal de Retz continuait :

« Je l'emportai enfin par mon opiniâtreté, mais je l'emportai d'une telle manière que je connus clairement que si je ne réussissais pas, je serais désavoué par quelques-uns et blâmé par tous. Le coup était si nécessaire que je crus en devoir prendre le hasard.

Le lendemain, qui fut le 20, je le pris, je parlai comme je viens de vous le marquer. Tout le monde reprit coeur ; l'on conclut que tout n'était pas perdu, et qu'il fallait que j'eusse vu le dessous des cartes. »

Papineau lut jusqu'au lever du soleil. Le printemps d'Albany si exaspérant qu'on ne sait pas où se jeter d'impatience et de fièvre.

Il écrivait à Julie, une longue lettre où il lui disait beaucoup de choses. L'important, c'est de parler. L'important, c'est d'écrire à ceux que j'aime. Qu'ils sachent bien que je vis et que je ne suis pas muet. Qu'ils sachent bien que j'ai décidé de vivre jusqu'à l'âge de 85 ans ou 86 ans et qu'ils peuvent compter sur moi.

« ... C'est dans un conseil de famille et dans un conseil de compatriotes injustement persécutés comme moi que nous aurons à délibérer, à examiner si nos efforts communs peuvent procurer à la patrie des réformes nécessaires. »

Papineau a laissé sa lettre en plan. Il est descendu prendre le petit déjeuner avec ses hôtes.

— Enfin, Monsieur Papineau.

Il leur a serré la main, comme s'il revenait de voyage. Ensuite, il s'est forcé à parler et à rire. Sa joie de la nuit a tourné : c'est de l'angoisse qu'il ressent. Mais il se défend. Le doute n'aura plus raison de moi.

Ils se sont mis à parler du Cardinal de Retz et Monsieur Porter s'est promis de le lire.

— C'est maintenant que je vous reconnais, Monsieur Papineau. C'est bien vous.

Papineau est allé faire des visites. Il se force à parler pour reprendre le tour. Le temps des discours va revenir. Pour m'être tu trop longtemps, je perdrais la parole. Je ne pourrais plus : je serais devenu muet, incapable de la seule action qu'il me soit donné de bien faire : parler.

Avant le dîner, il est allé voir O'Càllaghan qui revient de New York.

— Il n'y a rien à faire, Papineau. Ils me disent de rester ici, que je ferai un bon Américain. Ils te disent de rester aussi et de faire venir ta famille. Qu'est-ce que tu peux demander de plus ? Et moi, qu'est-ce que je peux bien avoir à insister pour sauver une colonie anglaise stupide. Une colonie anglaise qui s'est battue avec acharnement pour rester anglaise en 1812 mérite de rester anglaise. Qu'est-ce que tu veux répondre à ça ?

— Je sais O'Callaghan. Julie commence à me demander la même chose : elle voudrait que toute la famille s'installe ici.

— Et toi ? Tu te laisserais gagner ?

— Non. Pas moi. Mon destin est là-bas.

Papineau a encore dans l'oreille le « là-bas » du général à lunettes.

— Là-bas.

— Pourquoi le répètes-tu ?

— Il y a un drôle de général qui est venu me voir. Il était en civil.

Tout en parlant, tout en riant, ils ont pris le chemin du petit restaurant français et Papineau retrouve sa joie de la nuit : tout est encore possible.

— On peut diner « Au Voilier » si tu veux. Le propriétaire va nous raconter ses histoires de marins. Ça va nous reposer de la politique.

— Je ne suis pas fatigué de la politique.

— Moi oui. Si tu restais aux États-Unis, je resterais moi aussi. Faire autre chose, penser à autre chose, ça me plairait.

— Moi non. Il n'y a qu'une chose que je sache faire à mon goût.

— Parler ? Rien que ça ?

Ils rient encore en entrant dans le petit restaurant aux nappes à carreaux.

Le propriétaire leur a gardé une table : sa dernière.

— Je savais que vous viendriez. J'ai fait un songe la nuit dernière.

Papineau lit le menu. La calligraphie de Marie-Anne. Une écriture qui porte son nom : une belle écriture. Moi aussi j'ai fait un songe. Lactance avait fait un portrait de moi que je ne voulais pas voir et pourtant je me suis fait violence et je l'ai vu : terrible. Insupportable. Et pourtant, c'était bien moi.

— Tu prends le lapin, je suppose ?

— Non, le boeuf. J'ai décidé de me refaire des forces.

Les gens du quartier les connaissent, les saluent. Ce ne serait pas difficile de s'adapter. Et pourtant, je sais que je vais retourner là-bas. Je n'ai qu'à écouter les harmoniques du mot : je sais que je vais retourner chez-nous. Autrement, je mourrais trop mécontent de moi-même. Et je m'ennuierais trop de mes amis, de mes ennemis.

O'Callaghan lui raconte en détail tout ce qu'il a fait à New York, tous les gens qu'il a rencontrés.

— Si on avait de la fortune, on trouverait des mercenaires à engager peut-être.

Papineau a vu Marie-Anne venir. Le sourire qui fait le printemps.

Comme elle dit : Monsieur Papineau, c'est une déclaration et O'Callaghan a froncé le sourcil avant de recommencer à parler.

— C'est sérieux ?

— Tu parles de quoi, au juste ?

— Marie-Anne dit : Monsieur Papineau d'une façon évidente, flagrante.

— Elle a un beau sourire. Elle a dix-huit ans.

— Je continue de te raconter mon voyage ?

— Continue. Je veux tout savoir.

— J'ai su que Lord Durham est un fastueux. Il se veut très décoratif.

O'Callaghan parle un français très convenable. Mais par moments, ce qu'il dit se met à être drôle. Une façon de décrire Lord Durham qui tourne à la caricature : le détail sinistre se colore.

— Colborne a levé la loi martiale. La plupart des personnes ont été libérées. C'est Durham qui décidera du sort des autres.

— S'il voulait, Durham, il pourrait agrandir sa réputation. Mais je n'ai pas une confiance sans limites en un pareil mondain. Il a des ambitions. C'est bon : il veut faire de la grande politique. La grande politique ce serait un geste d'oubli total. Mieux : un acte de réparation. Le peuple a souffert injustement et c'est eux, les vieillards malfaisants qui ont commencé la guerre.

— Moi non plus je n'ai pas une confiance sans limites en ce Durham.

Marie-Anne est venue leur demander si c'était bon, s'ils désiraient quelque chose.

Papineau résiste à la tentation de se redire le poème de Burns, se retient de seulement y penser.

O'Callaghan est nerveux. Tous ses gestes sont brusques.

— Je voudrais retourner là-bas tout de suite. Avec toi.

— Là-bas oui.

159

— As-tu su que le directeur du Collège de Saint-Hyacinthe a laissé les élèves choisir Bonaparte comme sujet des exercices oratoires de fin d'année.

— C'est un bon sujet.

— Ton cousin, Monseigneur Lartigue pense que c'est un mauvais sujet, ton Napoléon. Il dit que les élèves le regardent comme le type de la révolution qu'ils aiment de toute leur âme, mais que les Anglais le haïssent et supportent mal qu'on donne un air de grandeur à ce qu'il a fait ou dit. Je pense que ton cousin se méfie encore plus de ce qu'a dit Napoléon que de ce qu'il a fait. Comprends-tu ça ?

Ils sont allés marcher le long du bois de sapins. Papineau a beaucoup parlé, O'Callaghan aussi. L'endroit est désert et ils peuvent se laisser aller à parler à leur goût : à haute voix, à haute et intelligible voix.

Papineau a fini d'écrire la lettre à Julie en revenant. Le sourire qui a fait toute ma vie. Il voudrait lui écrire un poème. Qu'ils se rejoignent par-dessus la frontière.

« Enfin, chère amie, j'ai la consolation d'être en rapport direct avec toi, d'avoir une lettre qui m'est bien chère, quoiqu'elle ne m'entretienne que des souffrances, des chagrins, des maladies que tu as endurés tandis que souffraient en même temps et de la même manière nos parents, nos amis, nos concitoyens, en si grand nombre. J'espère un peu mieux de l'avenir que tu ne le parais faire. La terreur impose silence pour le moment. »

Papineau a continué d'écrire. Comme s'il parlait. Julie lui semble plus proche. Et tous les siens.

D'avoir tant dormi l'a laissé éveillé pour longtemps. Il a repris son livre, mais c'est le poème de Robert Burns qui s'est interposé : I lock'd her in my fond embrace.

Il respire profondément et se met à lire intensément.

« Nous employâmes deux ou trois jours à persuader Monsieur que le temps de dissimuler était passé. Il le connaissait et il le sentait comme nous ; mais les esprits irrésolus ne suivent presque jamais ni leur vue ni leur sentiment tant qu'il leur reste une excuse pour ne pas se déterminer. L'un des plus grands embarras que l'on ait auprès des princes est que l'on est souvent obligé, par la considération de leur propre service, de leur donner des conseils dont l'on ne peut dire la véritable raison. Celle qui nous faisait parler était le doute, plutôt la connaissance que nous avions de sa faiblesse et c'était justement celle que nous n'osions lui témoigner. »

Papineau aurait voulu se voir là-bas, avec Julie. Au pays.

18

C'EST TOUJOURS LA DEUXIÈME RÉVOLTE
QUI FAIT LE PLUS DE MAL

L'été chaud d'Albany. La visite de Julie. L'insurrection et l'automne de 1838. Les choses durent.

Encore la loi martiale. Encore Colborne. Encore le manque de munitions. Encore l'échec. Le même cri qu'à Saint-Eustache : nous sommes perdus !

L'histoire se répète, le vieux brûlot allume des feux partout, les paroisses sont pillées affreusement.

Les évêques espèrent que les malheurs temporels vont réveiller la foi presque morte chez un grand nombre. Mais les prisons se remplissent et il y aura des exécutions.

La paix est revenue au Bas-Canada. Le silence et la paix.

Papineau entend dire que les dénonciations contre les chefs patriotes parviennent en déluge de tous côtés. Des listes sont dressées, des signatures apposées. Et des croix. Des centaines de croix sous les dénonciations : les illettrés ont cette façon de signer.

Julie écrit à ses enfants que les malheurs vont toujours en augmentant. C'est devenu une de ses phrases.

Pas d'armes, pas d'armes, pas d'armes ! Julie l'écrit trois fois. Pourquoi le peuple ne s'est pas soulevé en masse ? Pas d'armes.

Papineau suit les événements avec une attention qui touche à l'obsession. Il y a des exécutions à Montréal et il frémit de froid et d'horreur.

« L'éthique des nations civilisées ne permet pas de faire condamner des hommes par un tribunal ou en vertu d'une loi qui n'existait pas lors du délit. Le tribunal militaire est illégal. »

Papineau voudrait le crier. Mais les autorités sont prises de vertige là-bas. Au pays. Encore des condamnations. Encore du vertige : Colborne ne sait plus ce qu'il fait. Il reçoit des appels à la clémence d'un côté et de l'autre côté des cris de vengeance.

Le temps est long et Papineau reçoit toujours des lettres de Julie où les malheurs vont en augmentant.

Les déclarations des condamnés juste avant la pendaison : « Sur l'échafaud élevé par des mains anglaises, je déclare que je meurs dans la conviction d'avoir rempli mon devoir. La sentence qui m'a condamné est injuste. »

Papineau reçoit les exilés. Il leur parle, leur écrit. Il voudrait que le temps passe, que le temps des injures finisse.

Ils veulent que j'aille en France. Même Julie veut que j'aille en France. C'est une vraie conjuration.

Papineau ne croit pas en ce voyage. La France n'a rien fait sous Louis XV, elle ne fera rien aujourd'hui.

C'est Noël à Albany. Ailleurs aussi. C'est un hiver presque sans neige et tout craque.

Papineau est seul. O'Callaghan est ailleurs. Ils sont tous partis. Même les Porter. Un Noël de solitaire.

Le propriétaire du « Voilier » l'a invité, mais Papineau a trouvé une excuse. L'idée de se réjouir lui tourne le coeur.

Il voudrait avoir été pendu à la place de Duquette. Pauvre Duquette.

Tu vis toi, Papineau ? Tu as été le premier à partir.

Je n'ai pas fui.

La nuit de Noël est longue. Tous les Noëls superposés de sa vie...

Mais les souvenirs ne viennent pas. Il voudrait passer le temps. Il ne passe pas. Qu'un Messie soit venu pour nous sauver lui paraît improbable. Plus tard, quand j'aurai 85 ans, je mourrai. Je suis content d'être mortel et de le savoir.

Je mourrai et le curé voudra me donner les sacrements. Ce serait exemplaire : Louis-Joseph Papineau qui reçoit les derniers sacrements après une longue vie de luttes et de grands travaux.

Quels travaux ?

Papineau, assis devant le foyer des Porter, seul et exaspéré ne répond pas à la question qui lui est venue.

Il voudrait s'empêcher de lire : il voudrait penser.

Je mourrai et le curé viendra pour me donner les derniers sacrements.

« Mon cher curé, vous êtes un digne prêtre et un bon ami. Depuis si longtemps je pense à mes fins dernières. »

Je sais qu'il insistera : doucement. Nous serons seuls dans une chambre à la Petite Nation et il insistera.

C'est Noël et je voudrais croire à Celui qui est venu nous sauver. Comment pouvons-nous être perdus à ce point-là ?

J'avais retrouvé l'espoir et le goût de me battre encore pour la liberté. C'est le dernier soulèvement qui nous a tous écrasés.

La chaleur du feu l'endort et Papineau ne résiste pas.

Son cousin Jean-Jacques Lartigue est là avec lui. À côté de lui.

« Quand je t'ai vu la dernière fois, à l'hôpital, tu étais en pleine crise de rhumatisme. »

Monseigneur Lartigue lui a souri et Papineau voit les lueurs du feu dans les yeux de son cousin.

« Je ne t'en veux pas. Je suis coupable moi aussi et j'ai réussi à me faire haïr autant que toi. Moi aussi j'aurais voulu être pendu à la place de Duquette. »

Papineau a du mal à articuler. Un poids à soulever à chaque phrase.

« Tu m'as tenu la main, ce jour-là, à l'hôpital. T'en souviens-tu ? Tu me disais de m'approcher de toi. T'en souviens-tu ? »

« Je me souviens d'avoir eu envie de te prendre dans mes bras. Tout le monde a toujours pensé que je te haïssais. Comme si un évêque avait le droit de haïr. »

« Tu me disais que ta mission était une mission d'amour. »

« Non. Je t'ai dit que ma mission aurait dû être une mission d'amour. Je te disais que j'avais tout manqué. »

« Tu m'as dit que tu étais un Papineau toi aussi. Comme moi. »

« Nos mères étaient soeurs. Mais toi, tu étais plus que mon frère. Tu avais tout ce que j'ai toujours voulu. »

« Tu m'envies toujours ? Même en exil, tu es encore jaloux de moi ? »

« Je t'envie, même en exil oui. C'est ce que tu es qui m'empêche de dormir. »

« Tu me disais que je ne connaissais pas ma force. Tu me disais que toi, tu connaissais ma force et ce que je faisais quand je prononçais un discours. »

« J'étais comme possédé, c'est bien vrai. J'ai charge d'âmes, mais toi aussi tu as charge d'âmes, Louis-Joseph. »

« Tu me disais que tu ne pouvais pas compter sur la grâce. »

« Je blasphémais. Quand on souffre trop on ne se rend pas compte qu'on est en train de blasphémer. »

« Tu m'as demandé si j'avais cru à ton loyalisme. »

« J'étais loyal envers la couronne en autant qu'un évêque de Montréal devait être loyal pour obtenir tout ce qu'il devait obtenir pour son diocèse. »

Papineau avait ri et son sommeil était devenu plus léger. Son cousin Jean-Jacques était en pleine crise de rhumatisme et Papineau aurait voulu entrer dans sa crise, la partager.

« Le rhumatisme, c'est la révolte de l'âme. Ce n'est pas pour rien que j'ai les bras tordus, les membres torturés, les mains déformées. C'est l'impuissance qui me fait mal. »

« Tu m'avais dit que c'était l'impatience. »

« Non. Tu as mal compris : c'est l'impuissance qui tue. Et je vais te dire une chose que je ne t'ai pas dite ce jour-là à l'hôpital. Quand en plus de son impuissance, on se rend compte de l'impuissance de Dieu, on sent son âme se déchirer de pitié. »

Papineau se sent pleurer en rêve. Il se dit que c'est un rêve, mais il continue de se sentir pleurer.

« On a une mission d'amour, Louis-Joseph. On a charge

d'âmes et ce qu'on arrive à faire, c'est administrer un diocèse et assurer la permanence de l'édifice. Comprends-tu ? »

« Tu m'as dit que toute ta vie, tu t'étais fait violence. »

« Oui. Parce qu'au fond, je n'étais pas viable. Je l'ai toujours su. Même aux meilleurs moments de ma vie. »

« Tu m'as parlé d'échec total et il m'arrive de me dire la même chose aujourd'hui, Jean-Jacques. »

« Toi aussi Louis-Joseph ? Toi que j'ai tant envié ? Quand tu parlais, j'étais possédé, fasciné. Toi aussi ? »

« Moi aussi. As-tu vu les croix des illettrés au bas des pétitions, au bas des dénonciations ? »

« Je les ai vues, les croix. Ils ont une façon de signer qui me fait rougir. Une croix pour dénoncer son frère, son ami, son voisin. C'est un échec total. Je n'étais même pas viable. »

« Tu m'as dit que je cherchais à te faire porter une part de ma responsabilité. »

« On n'oublie pas une chose comme celle-là, Louis-Joseph. Tu m'as demandé si je ne voulais pas en porter une part. J'ai voulu. On se met à être heureux aux moments les plus incongrus : torturé par le rhumatisme, fiévreux et découragé. Quand tu m'as dit ça : tu ne veux pas en porter une part ? je me suis senti si heureux que je ne le croyais pas. Tu ne le croirais pas toi non plus. »

« Tu m'as dit une drôle de chose. »

« Pas drôle, sûrement pas drôle. »

« Une chose étonnante. »

« Je t'ai dit : quand j'ai eu des tentations dans ma vie, c'est toi qui me les as données, pas le diable. C'était une façon de parler. Je pensais toujours à toi. Tu m'obsédais. Tu étais le cousin qui brille. »

« Les jambes te faisaient mal. Tu délirais. »

« Je savais ce que je disais. Et c'est vrai que je ne savais plus si c'était mon âme ou mon corps qui se révoltait. Maintenant, je le sais, je peux te le dire : c'est mon âme. Quand j'ai l'âme en peine, je fais une crise de rhumatisme. Et ça continue de me sauver de me dire qu'on est amis, qu'on a toujours été amis, qu'on n'a pas vécu à couteaux tirés. »

« C'est toi qui me regardais de haut quand on était petits. »

« Je le sais. J'avais peur que tu me rejettes. Je prenais les devants. Plus tard, quand tu étais Orateur, j'aurais voulu que tu viennes me demander conseil. J'en avais des visions, Louis-Joseph. Tout un rituel et presque toujours la même vision. On venait me dire que Louis-Joseph Papineau désirait me voir. C'était urgent, je le sentais. Je répondais : dites-lui de monter me voir ici, à ma chambre. Et je fermais la porte et tu me demandais conseil. »

« Je m'agenouillais ? »

« Non. Ma vision te laissait tel quel. »

« Je te parlais des quatre-vingt-douze résolutions ? »

« De tout. On parlait politique tous les deux. »

« Tu n'y comprenais rien. »

« C'est ce qui te trompe, Louis-Joseph. »

« Le gouverneur se servait de toi et de tes curés pour faire ses commissions. »

« Je continue de te dire qu'à nous deux on aurait pu tout obtenir. Toutes les résolutions. Les quatre-vingt-douze résolutions. »

« Moi, je t'ai demandé si tu étais pour. »

« Te souviens-tu de ce que je t'ai répondu ? »

« Je ne l'oublierai jamais. Tu m'as dit : évidemment, je suis pour, Louis-Joseph. Pour qui me prends-tu ? Si ma vie est un échec total, si j'ai tout manqué de ma mission d'amour, c'est à cause de toi. C'est toi qui m'a manqué. C'est vrai que j'avais besoin de toi autant que d'une grâce efficace. »

« C'était l'heure la plus cruelle de la journée : la brunante. Le soleil était tombé et tu ne distinguais plus rien de la bonté de Dieu. Comme s'il t'avait abandonné. »

« Tu m'as dit qu'il ne me serait rien demandé de plus que mon effort. Mais moi, je savais ce que tu ne savais pas. »

« Tu m'as dit qu'il demandait l'impossible et je commence à le croire. »

« Moi, je n'étais pas viable et j'ai vécu. Les circonstances de ma vie ont été inacceptables et je les ai acceptées. »

« Ensuite, tu m'as dit de partir. »

« Je t'ai dit de ne pas mourir. »

« Tu m'as dit autre chose que j'ai oublié. »

« Tu as peur de t'en souvenir ? Je t'ai dit que tu étais comme Lui : un signe de division. Tu t'en souvenais, Louis-Joseph. Tu faisais semblant de l'avoir oublié. »

« Je ne t'ai pas cru. »

« Tu l'as su pourtant. Tu le sais encore. Ton épreuve dure toujours. »

« Tu m'as dit que je Lui ressemblais. De la part d'un évêque, c'était étonnant. Surtout que tu parlais à un incroyant. »

« Incroyant toi ? Peut-être que oui après tout. Si on est logique : Dieu a-t-il la foi ? »

« Tu délires encore. »

« Je délire encore parce que les malheurs vont toujours en augmentant. »

« Julie m'écrit toujours la même phrase. C'est comme des litanies. »

« J'ai été jaloux de toi ... »

« D'une jalousie de Dieu ? »

« Qui dit ça ? »

Papineau respirait mal. Le cou cassé, il se crut sous l'échafaud. C'est fait, c'est fini. L'exécution a eu lieu.

« Pas un jour de Noël ? »

« C'est un bon jour. »

Des rires qu'il continue d'entendre. Même s'il est mort. Qu'il entend de moins en moins.

Un sursaut et il s'est éveillé. De la névralgie partout. Le feu s'est presque éteint. Il ne reste que quelques braises. Il le rallume avec soin en mettant les petits bois un par un.

Julie lui a écrit que Monseigneur Lartigue a subi une opération au talon et qu'il est resté boîteux.

Moi aussi j'aurais voulu qu'on soit amis.

Les Porter lui ont laissé de bonnes viandes dans la glacière, de bons desserts.

Il s'est préparé un plateau et revient au salon en face du feu.

Je m'étais promis de refaire ma santé pour de grands travaux à venir. C'est l'autre insurrection qui nous a écrasés. La deuxième. Pas d'armes, pas d'armes, pas d'armes ! Ils n'avaient pas compris. Il fallait qu'ils aillent au bout de la démence.

La nuit s'achève et Papineau respire mieux.

« Incroyant toi ? »

Jean-Jacques m'a dit ça en rêve. On ne se rend pas compte des sentiments qu'on provoque.

Le feu reprend. Papineau ajoute les bûches une à une avec grand soin et juste au bon moment. Il rebâtit sa demeure, son pays.

J'ai charge d'âmes, moi aussi. C'est une expression trop pleine de sens.

Qui m'a dit que je disais plus que ce que je voulais dire ? Quelqu'un m'a dit ça, il n'y a pas longtemps.

C'est ce qui est dangereux : ce qui dépasse la pensée. L'image trop brillante, l'expression de trop d'envergure.

C'est peut-être Lactance.

Par moments, on dirait qu'il est sauvé : il est comme le pays. C'est toujours l'autre révolte, la deuxième qui lui fait le plus de mal.

Il se prend vraiment pour le pays. Il se prend vraiment pour la révolution. Il se prend pour moi surtout.

Ils sont tous là à m'inventer. À me grandir démesurément. Leur envie me fait une stature de héros: Je ne suis pas un héros. Des travaux, des épreuves, oui, mais je ne suis pas un héros.

En ce jour de Noël 1838, je ne me sens pas héroïque : au petit matin de ce jour sombre et sans neige.

Il allait répéter : je ne suis pas un héros.

Il s'était arrêté.

Il avait pris son livre et lisait intensément, en face du feu.

19

ADAM THOM ET JEANNETTE

Adam Thom annonce dans le Herald qu'on est à construire un échafaud pouvant recevoir six ou sept victimes.

Il se délecte et son article est encore plus féroce que ceux des jours précédents. Les Chevrier en parlent en frémissant d'horreur. Ce n'est plus le dénommé qu'ils l'appellent, c'est : le damné Adam Thom.

Quand Jeannette est entrée dans la salle à dîner, ils se sont tus : le frère de Jeannette a été condamné à mort hier. L'aîné des deux.

Elle a les yeux rouges mais une illumination dans tout le visage qui les inquiète.

— Il faut prier, Jeannette : tu ne peux rien faire de plus. Me comprends-tu bien, Jeannette ?

— Oui, Monsieur.

Mais son air résolu n'a rien de pieux ni de résigné.

— C'est le couvre-feu, Jeannette. Je te défends de sortir. Pour aucune considération tu ne dois sortir de la maison. Je prendrai les clefs avec moi : tu as l'air d'une illuminée. Tout ce que tu pourrais tenter ne ferait qu'empirer la situation. Tu serais arrêtée toi aussi. La peine de ton frère peut encore être commuée. Ne perds pas confiance.

Jeannette est retournée à la cuisine sans répondre. Sa décision est prise. Ce ne sera pas la première fois qu'elle sort par la fenêtre de l'escalier d'en arrière. En apparence elle a été coincée définitivement. Moi, je l'ai décoincée et je sors quand je veux.

À peine un croissant au ciel. Et encore, on le voit seulement quand les nuages ont fini de passer. Il fait froid mais la neige est durcie. Il fait un vent à faire hurler les loups.

Depuis le temps qu'elle va rejoindre Adam Thom, elle sait comment s'y prendre. Elle s'en va rejoindre le damné Adam Thom. Dans leur nouveau coin noir : une remise que les propriétaires sont sûrs d'avoir fermée. C'est comme la fenêtre de l'escalier.

Elle glisse comme un chat, attentive au moindre mouvement. Des soldats sont passés tout près d'elle en parlant des exécutions qui vont avoir lieu, de l'échafaud à sept places. Ils répètent ce qu'a dit Adam Thom mot pour mot. Jeannette les entend prononcer le nom de son damné. Du damné qui n'en a plus pour longtemps à vivre. Elle touche le couteau collé à sa cuisse, pris dans sa jarretière.

Avant d'entrer dans la remise, elle attend un peu, cherche à savoir s'il est déjà entré. Elle s'avance mais le vent est tellement fort qu'elle marche courbée. La porte ne grince plus depuis le soir où elle avait apporté le petit huilier des Chevrier.

Elle entre et se cache derrière la porte. Quand le damné entrera, je lui tranche la gorge.

Il faut que je pense à l'échafaud, rien qu'à ça. Aux patriotes qui vont être pendus. Ma décision est prise et je n'ai pas peur. Il ne manquerait plus que ça, que j'aie peur d'Adam.

La porte s'est ouverte. Elle s'est refermée.

— *Not here yet ?*

Elle l'a pris par derrière. La main gauche autour de la poitrine, le couteau dans la main droite. Elle appuie de toutes ses forces sur le cou. Mais il a donné un grand coup de hanche et ils sont tombés tous les deux.

Le croissant passe par la petite fenêtre près du toit de la remise et il la regarde en se tatant le cou. Le sang coule entre les lèvres déchirées de la blessure. Il bouge un peu pour voir si c'est profond. Peut-être pas.

Il a ramassé le couteau dentelé.

— Un couteau à pain. C'est ce que tu as trouvé de mieux ?

Elle le regarde saigner. Mais il fait si noir qu'elle ne peut pas bien se rendre compte.

— Vas-tu en mourir ?

— Sûrement pas. Donne-moi ton foulard.

— Non, pas mon foulard.

— Tu ne veux pas me donner ton foulard ?

— Non, c'est un foulard de laine. Attends. J'ai apporté un linge blanc bien propre.

— Tu as apporté un linge blanc exprès ?

— Oui. Au cas où je manquerais mon coup. Mon frère a été condamné à mort hier.

— C'est la faute à Papineau, ça, pas ma faute à moi.

— Toi, tu te réjouis parce qu'on bâtit un échafaud à sept places.

Il s'est entouré le cou du linge blanc.

— Aide-moi à faire le tour avec ton foulard de laine maintenant. Serre pas trop fort : juste assez.

— Je te considère comme mon pire ennemi.

— J'ai toujours été ton ennemi, ma Jeannette. Tu disais que c'était comme dans l'évangile. Que tu aimais ton ennemi.

Il l'embrasse doucement : la douleur envahit toute la tête. Il se sent saigner à mort.

— Je saigne comme un cochon.

— J'ai décidé de faire comme dans la bible, quand j'ai vu que tu te réjouissais de la construction d'un échafaud à sept places.

— J'ai du sang dans le nez. As-tu un mouchoir ?

— Oui. J'en ai plusieurs. Des vieux mouchoirs de Monsieur Chevrier. Madame m'avait dit de les mettre aux guenilles.

— Tu as pensé à tout.

— Il fait trop froid pour faire l'amour.

— Il ne fait pas trop froid.

— Vas-tu en mourir ?

— Je t'ai dit que non.

— Tu goûtes le sang. Tu en as plein la bouche.

— Pourquoi pas ? Aimes-tu le goût du sang ?

— J'ai mal au coeur.

— Moi, j'ai mal au cou, c'est presque pareil. Il ne fait pas si froid que ça. On a des vieilles couvertures ici. Un peu mitées, pleines de parasites, mais c'est mieux que rien.

— Je ne sais pas pourquoi tu es si méchant.

— Comme tu dis ça, Jeanne-au-bûcher !

— Mon frère va être pendu sur l'échafaud à sept places.

— C'est la faute à Papineau. C'est sur Papineau qu'il faudrait te venger. Pas sur moi.

— Mais tu te réjouis. C'est pire.

— Moi, ce que je fais n'a pas d'importance.

— Tu influences les juges.

— Penses-tu ?

— Monsieur Chevrier dit que tu es la grande gueule des malfaisants.

— Un autre titre. J'en ai beaucoup.

— Ce n'est pas honorable. Cesse de te réjouir des choses infamantes.

— Infamantes ? Qui t'a appris ce mot-là ?

— Tu vomis ? Penses-tu que tu vas en mourir finalement ?

— Non. Je te le promets. C'est un peu de sang que j'avais de trop.

— Ça te fait mal ?

— À peine. Viens encore. Viens t'étendre encore un peu sur les crottes de souris.

— Non. Une fois c'est assez. J'ai trop honte.

— Pas aujourd'hui. Tu ne peux pas avoir honte aujourd'hui. Tu as fait une action d'éclat aujourd'hui : tu as coupé la tête d'Holopherne aujourd'hui : comme Judith.

— J'ai manqué mon coup. C'est manqué.

C'est manqué, mais l'intention était bonne. As-tu trouvé ça difficile de tuer l'homme que tu aimes ?

Il avait la voix rauque et crachait dans le coin où il avait vomi.

— C'est plus que manqué. Je t'aime encore plus qu'avant. C'est une vraie calamité. Un damné, c'est pire qu'un ennemi tout court. J'aime un damné maintenant.

— Le Dieu des Calvinistes n'aime pas les damnés : ni ceux de l'enfer, ni ceux de la terre. Toi, tu aimes un damné, Jeannette. Vois-tu la différence ?

— J'aime un damné et mon frère va mourir pendu. Tu as la bouche pleine de caillots. Tu vas peut-être mourir finalement.

— Tu te réjouirais ?

— Oh non !

— As-tu vraiment fait tout ton possible pour me tuer ?

— Oui, tout mon possible. J'ai tiré le couteau sur ton cou le plus fort que j'ai pu.

La douleur lui descendait dans le ventre et dans tous les membres.

— Il faudrait que je rentre avant de perdre connaissance.

— Je vais aller te reconduire.

— Oui, viens me reconduire.

— Si les soldats nous prenaient ensemble. Après le couvre-feu, ensemble !

Adam Thom l'avait embrassée et elle était allée cracher dans le même coin que lui.

— Si on nous prend ensemble, ma carrière au Herald est finie. Ma carrière au Doric Club aussi.

— Qu'est-ce que tu ferais ?

— Il me vient des idées.

Ils marchent vite mais s'arrêtent souvent près des murs, dans les coins sombres.

Il l'embrasse à chaque relais et ils crachent sans faire de bruit.

— C'est difficile de cracher sans faire de bruit.

— Le vent nous couvre.

— Dis-moi les idées qui te viennent.

— Je me mettrais à défendre les patriotes.

— Où ça ?

— Je les ferais évader. Une évasion, ça s'organise. Veux-tu que j'organise l'évasion de ton frère ? Il pourrait passer aux États-Unis.

— Tu n'es pas capable de faire ça.

— Si j'en avais envie, je serais capable. Et toi, s'ils nous arrêtent ensemble, qu'est-ce que tu vas faire ?

— Je dirai que je voulais te tuer. Que j'ai manqué mon coup. Que ce n'est pas de ma faute si j'ai manqué mon coup. Que j'ai fait de mon mieux. Cesse de rire. Ça te force à cracher sur la rue. Du sang, c'est rouge. Tu laisses ta signature partout, c'est effrayant. Ils vont te suivre à la trace demain.

— C'est vrai. Viens près du mur ici, c'est pressé.

— Fais attention. Tu fais trop de bruit.

— Si tu dis que tu as voulu me tuer, il vont te pendre avec ton frère sur l'échafaud à sept places. Je ne pourrais pas supporter ça. Ça me tuerait.

— Tu ne te réjouirais pas ?

— Oh non !

— Tu m'embrasses en pleine rue. Ils vont nous voir quelqu'un.

— S'ils nous arrêtent ensemble, tu diras que j'ai été victime d'une agression et que tu es en train de me sauver la vie en me raccompagnant.

— Oui, je dirai ça, c'est une bonne idée. Mais ils vont me demander ce que je faisais dehors ? Et toi aussi, tu étais dehors après le couvre-feu. Qu'est-ce qu'on faisait dehors tous les deux ensemble ?

— Ils dorment de toute façon.

— Qu'est-ce que tu vas faire, pour ta blessure ?

— Je vais m'arranger ça le mieux possible.

— Tu n'iras pas voir le médecin ?

— Peut-être. Si c'est profond, je vais aller me faire recoudre le cou. Je connais quelqu'un qui a quelque chose de grave à cacher : il va me recoudre ça.

— Ça te fait très mal ?

— Très mal. Tu te réjouis un peu ?

— Moi aussi, ça me fait très mal.

— Oui ? Où ça ?

— Au cœur surtout. Au cœur et à la tête.

— Pas au cou du tout ?

— Oui, au cou aussi. Comme si j'avais été pendue.

— Ils t'ont décrochée à temps ? C'est comme moi. Je l'ai échappé belle.

— Veux-tu que j'entre dans ta maison.

— Non. Va-t'en maintenant. Il ne faut pas que tu te fasses prendre. Fais bien attention.

Le vent hurlait encore et la neige s'était mise à tomber. Je vais laisser des traces partout si je ne me dépêche pas. Et j'ai laissé le couteau de Madame Chevrier dans la remise : le couteau plein de sang humain. Plein de sang de damné. Il faut que je retourne le chercher.

Le mal de ventre la plie en deux. Elle voit le couteau luire doucement. Elle l'essuie sur les vieilles couvertures et le remet dans sa jarretière.

Près de la maison des Chevrier, elle s'est arrêtée pour respirer. Pas de lumière nulle part, heureusement.

Elle réussit à grimper sur l'échafaudage de boîtes sous la fenêtre de l'escalier. Je commence à être bien organisée. Je sors quand je veux.

Elle était entrée dans sa petite chambre et avait refermé la porte le plus doucement qu'elle avait pu.

Madame Chevrier était là. Elle venait d'allumer la chandelle : elle la regardait.

— Il y a du sang sur tes vêtements, Jeannette. D'où viens-tu ?

— J'ai essayé de faire évader mon frère. Je me suis blessée.

— Où t'es-tu blessée ? Tu n'as pas de plaie, on dirait.

— Dans la bouche. Au fond de la bouche. Ça me fait mal encore, mais je ne pense pas que ce soit profond. C'est en sautant. C'est une perche de métal qui...

— Es-tu allée jusqu'à la prison ? C'est loin. As-tu vu des soldats ?

— J'en ai vu deux.

— Et eux, ils ne t'ont pas vue ?

— Non. Ils ne m'ont pas vue. J'ai essayé de trouver les prisonniers. Je ne les ai pas trouvés.

— Pauvre enfant. Tu serais condamnée toi aussi. C'est tout ce que tu gagnerais. Il faut que tu me donnes ta parole de ne plus rien tenter. Il faut que tu me donnes ta parole de ne plus sortir après le couvre-feu. Te rends-tu compte que tu pourrais te faire violer ?

— Par qui ? Puisque c'est le couvre-feu. Il n'y a personne. Rien que les soldats.

— Par les soldats justement.

— Je me défendrais. Je suis forte.

— Je veux que tu me donnes ta parole, Jeannette. Autrement, je devrai te retourner chez tes parents.

— Ils sont dehors, mes parents : tout a été brûlé. Ils sont à moitié fous et vivent de la charité publique. Vous ne pourriez pas faire ça Madame Chevrier.

— Donne-moi ta parole Jeannette. Répète après moi : je vous donne ma parole de ne plus sortir après le couvre-feu et de ne rien tenter d'inutile pour sauver mon frère.

— Je peux tenter quelque chose d'utile ?

— Tu peux prier Jeannette. C'est tout ce que tu peux faire. Comment pourrais-tu réussir une pareille chose ? Même Papineau ne pourrait rien faire pour ton frère.

En prononçant le nom de Papineau, Madame Chevrier avait baissé le ton. Comme si elle était en train de blasphémer. Car elle l'avait dit avec une rage sourde, difficile à identifier.

— Pensez-vous que c'est la faute de Monsieur Papineau, ce qui nous arrive ? Pensez-vous ça, vous aussi ?

— Il parlait bien. Il nous enivrait. On ne sait pas. Une chose est certaine : il n'a pas voulu ça, il ne se réjouit pas de ce qui nous arrive. Ce n'est pas comme ce damné Adam Thom.

— Pensez-vous qu'on peut être coupable d'une chose qu'on n'a pas voulu ?

— Le vrai coupable, ce n'est pas lui. Papineau nous a défendus. Il a tant voulu nous sauver de l'écrasement, de la disparition.

— De la disparition de quoi ?

— Il y a des peuples qui disparaissent de la surface de la terre Jeannette.

— C'est dû à quoi ?

— À la faiblesse, à l'ignorance. À la résignation aussi.

Elle avait serré les poings.

— Vous voulez encore que je vous donne ma parole de ne plus rien tenter pour sauver mon frère ?

— Oui. Toi, tu ne peux rien. Seule, tu ne peux rien. Donne-moi ta parole Jeannette. Répète : je ne sortirai plus après le couvre-feu pour tenter de sauver mon frère.

Jeannette avait répété mot pour mot.

Ça me laisse une porte de sortie : je peux sortir après le couvre-feu pour autre chose que pour sauver mon frère.

C'est peut-être ça qu'ils appellent une restriction mentale.

20

ENCORE UN PEU DE TEMPS

Monsieur Porter est mort et Papineau s'ennuie de cet ami discret qui l'a reçu chez lui durant le malheur.

Pressé par les exilés, par sa femme, il a décidé d'aller en France. Même s'il ne croit pas beaucoup à sa mission.

Il en rêve quand même un peu, malgré toutes les réticences qu'il a.

En France, il aura enfin cette vie intellectuelle intense qu'il a toujours aimée. Si la France ne me donne pas d'armée pour libérer ma patrie, elle me donnera le goût de le faire moi-même.

La vérité, c'est que j'ai des rêves d'Apocalypse. Des rêves de vengeance.

Le jour, je suis calme. On dirait que je suis calme. Mais la nuit, je suis transporté.

J'avais dans la bouche une épée à double tranchant et ceux qui m'écoutaient parler tombaient comme morts. Je leur disais : ne craignez rien ! et ils se relevaient pour m'écouter.

Les modérés, les tièdes, je les ai toujours vomis de ma bouche. Je leur disais de sortir de leur malheur comme si leur malheur avait été tiède et mou.

Je les fauchais tous de mon épée à double tranchant. Ma propre force m'étonnait et cette colère que je ne pouvais retenir.

Devant moi, quatre cavaliers noirs, luisants, pleins de ma colère.

Monsieur Porter lisait souvent la bible au salon et je l'écoutais. L'Apocalypse le fascinait. Plusieurs fois il relisait les mêmes pages, comme s'il allait finir par en comprendre le sens.

« Vous n'êtes pas croyant, Monsieur Papineau ? »

Je n'ai jamais répond non à sa question. Il me l'a posée à différentes reprises.

« Chez nous, la bible, c'est important. Moi, la première fois que j'ai entendu mon père lire l'Apocalypse, je ne l'ai pas cru. Je me suis mis à rire. Je pensais qu'il se moquait de nous : mon père n'était pas un homme austère. J'ai vraiment cru à une plaisanterie. Depuis ce temps-là, je sais l'Apocalypse par coeur. Je continue de ne pas y croire.

« C'est une sorte de rêve, je pense ? »

« C'est un livre saint. Un livre inspiré. C'est un tableau effrayant dont je ne vois pas le sens. C'est un débordement de colère, de vengeance. Même de haine. Des images d'épouvante partout. Du feu et du sang. »

Papineau avait eu la vision de sa patrie mise à feu et à sang.

« Qu'en pensez-vous, Monsieur Papineau ? Moi, je sais le texte par coeur, mais vous, qu'en pensez-vous ? Voyez-vous que ces horreurs vont à l'encontre de toutes les vertus chrétiennes d'amour du prochain, d'amour des ennemis, de patience, d'humilité ? »

« C'est un rêve. Il ne faut pas prendre les rêves au pied de la lettre. »

« Un rêve inspiré, il faut le prendre au pied de la lettre. »

Pauvre cher Monsieur Porter. Il ne lira plus jamais l'Apocalypse. C'est mon tour d'être fasciné. C'est mon tour d'en rêver.

Je fais comme Jean, je rêve de vengeance. Moi aussi, j'ai des visions.

Papineau s'ennuie d'O'Callaghan : l'ami de mon exil.

Quand il s'embarque pour la France, il ne croit pas à sa mission en France.

Sa mission sera un échec, mais personne d'autre ne parlera mieux que moi. Si les Français peuvent être convaincus, ils le seront. Je sais que les Français sont pour une alliance avec l'Angleterre. Les patriotes ne pèseront pas lourd dans la balance.

Nous sommes bien seuls. Je n'ai pas besoin de relire la fable de La Fontaine pour le savoir.

Il écrit de longues lettres à Julie.

« Nulle apparence que rien ne puisse se faire en faveur du Canada aussi longtemps que l'Angleterre n'est pas plongée dans les embarras qui la menacent, soit de guerre étrangère, soit de commotions intestines. »

Julie viendra le rejoindre à Paris. Plus tard. Elle ne lui écrit plus que les malheurs vont en augmentant, mais ses lettres ne sont pas réjouissantes : tristes et calmes.

Plus de joyeuses réunions au pays. Plus d'amitié, plus de générosité. Chacun pense à lui et à sa survie égoïste. Papineau sent la colère monter quand il travaille à la Bibliothèque Nationale, dans ce Paris qu'il aime, mais où il s'ennuie. Une colère d'Apocalypse.

Fabre est à Paris aussi. Heureusement. Mais O'Callaghan est resté en Amérique.

Il travaille à une histoire de l'insurrection 1837-1838. L'amertume et la colère rendent son style lourd, insupportable.

C'est l'épée à double tranchant qui sort de ma bouche.

Il voudrait répondre au rapport Durham : à ce document inique et sans envergure.

Papineau sait qu'au Canada, le mot d'ordre est à la peur et à la résignation.

Les rêves d'Apocalypse reviennent à intervalles réguliers. Papineau s'ennuie d'O'Callaghan quand il cesse d'écrire. Il travaille avec acharnement.

Tous les beaux esprits de France ne lui rendent pas l'ami d'Albany.

Certaines nuits, après avoir bien parlé, après avoir bien joui de la grande vie intellectuelle, il marche le long de la Seine et c'est une odeur de sapins qui lui monte au nez, une odeur de boue printanière.

« Tu m'attendais ici, O'Callaghan ? Marchons, veux-tu ? »

Nous pouvions être longtemps sans parler, O'Callaghan et

moi. L'exil nous pesait et pourtant nous étions ensemble. Tout près l'un de l'autre.

« Monseigneur Bourget est allé voir Julie. En secret. »

« Encore ? Je pense qu'ils cherchent tous un bouc émissaire. »

« Oui. »

« Toi Papineau, toi ! C'est toi qu'ils cherchent. Tous les autres chefs ont raison d'être jaloux de toi. Sais-tu ce que j'ai entendu raconter, Papineau ? »

« Une bonne histoire sur moi ? »

« Colborne a fait des offres au clergé. »

« Pourquoi au clergé ? »

« Colborne avait ses raisons. »

« Conte-moi ton histoire. »

« Colborne aurait même reçu l'approbation de Londres. »

O'Callaghan souriait de côté en disant ça, je me souviens de ce sourire : ce serait hier, je ne m'en souviendrais pas mieux.

O'Callaghan continuait de sourire. Il regardait en l'air et respirait toutes les odeurs de sapin et de boue.

« C'est un printemps suffocant : c'est doux et insupportable comme temps. »

« Conte-moi ton histoire. »

« Comme je te le disais : tous les chefs patriotes ont des raisons d'être jaloux de toi parce que Colborne a fait une offre incroyable au clergé. »

« C'est une histoire vraie, sûrement. »

« Une histoire vécue, pour le moins. »

« Continue O'Callaghan. »

« L'offre a été faite aux plus hautes autorités ecclésiastiques. C'est peut-être une rumeur, qu'en penses-tu ? Je n'y attache pas foi, mais c'est possible. L'histoire est possible puisque c'est une histoire vécue. »

« Qu'est-ce que le vieux brûlot a pu faire comme offre alléchante ? »

C'est là qu'O'Callaghan s'est mis à hurler à la lune. Doucement d'abord, puis de plus en plus fort. Comme un grand loup maigre qu'il était.

« C'est à Lartigue ou à Bourget qu'il a fait son offre ? »

« C'est une rumeur qui court : je te l'ai dit. C'est comme la complainte : où Papineau peut-il bien être ? Tout le monde la chante au pays. On chante toutes sortes de complaintes. »

« Des complaintes inspirées ? »

Papineau pense à l'Apocalypse de Monsieur Porter : un livre saint, un livre inspiré il faut prendre ça au pied de la lettre.

La Seine est pleine de remous. Verte d'un drôle de vert.

Au bout du sentier, on s'était arrêtés.

« C'est la meilleure partie de la promenade : là où on s'arrête un peu pour respirer. Où on est bien seuls Papineau. »

O'Callaghan m'a dit qu'il voudrait me suivre partout : même au cachot, même à l'échafaud. L'ami de mon exil.

« L'offre ne m'englobe pas. Seulement toi. Colborne ne s'intéresse qu'à toi. C'est effrayant ! »

Papineau ne le pressait pas. L'histoire durait. La complainte, la rumeur.

« Je vais te dire l'offre que Colborne a faite à ton cousin Monseigneur Lartigue. »

« Pas à l'autre ? Pas à Monseigneur Bourget ? »

« À l'autre aussi, je pense. C'est une histoire, rien qu'une histoire. »

« Quelle offre pouvait faire Colborne ? Quelle offre ferait la meilleure histoire à raconter ? »

« Colborne a fait venir les deux évêques. Il leur a dit comme ça, en se plantant en face d'eux, le doigt pointé entre les deux évêques : livrez-moi Papineau, je libère le reste du pays ! »

O'Callaghan aurait voulu que je dise quelque chose. Je pense que je n'ai rien dit. L'histoire était facile à deviner. N'importe quel écolier aurait donné mon nom à la question : Qui devrait-on livrer à Colborne pour obtenir l'amnistie du reste du pays ?

« Si l'histoire avait dit : livrez-moi Papineau et O'Callaghan, et je libère le reste du pays ! je serais complètement heureux. »

Il était sentimental. Il était souffrant ce soir-là, je le sentais. Il marchait avec effort. Il parlait avec effort.

185

« Je voudrais être dans la même phrase que toi, Papineau. Je voudrais être dans la même histoire que toi. »

Il était souffrant. J'ai voulu entrer avec lui dans sa chambre.

« Je vais te préparer une boisson chaude. »

Il n'a pas voulu. Il est entré seul, un peu courbé, comme toujours.

Il m'a serré la main, ce soir-là. Moi aussi, j'en avais senti le besoin.

« Je prends toute la responsabilité, O'Callaghan. Avec toi. »

« Moi aussi Papineau. On va écrire aux deux évêques de nous livrer pour que la patrie soit libérée. »

« En es-tu encore à faire confiance à Colborne ? »

Papineau s'était assis dans son fauteuil à oreilles. Il faisait presque jour sur la ville.

Il finit par ouvrir cette lettre de Lactance qu'il a reçue hier. Une répulsion démesurée. Il s'est toujours défendu d'éprouver de tels sentiments.

Encore une lettre pointue, illisible.

« J'ai toujours dit ce qu'il ne fallait pas dire. On ne peut pas appeler ça parler.

J'ai toujours été le fils muet d'un père orateur. Comprends-tu ce que ça veut dire ?

J'avais l'art de découvrir la faille. Ce qui gauchissait tout.

J'ai toujours eu l'art de te regarder quand il n'aurait pas fallu. Avec les yeux que j'ai. Avec tous les yeux que j'ai.

Tu m'as dit de fermer la bouche un jour que je t'admirais la bouche ouverte. J'ai appris à t'admirer la bouche fermée. L'admiration prise à la tête, qui tournait de vertige. Ça me donnait des hauts-le-coeur qui te faisaient blêmir de rage. Même quand tu me parlais doucement, je sentais la rage. Tu es un père d'Apocalypse. C'est aujourd'hui que je le sais. »

C'était signé : ton fils quand même.

Papineau essayait de se calmer. Il essayait de dormir un peu. Julie va venir me rejoindre à Paris avec les enfants. Si seulement on avait de la fortune : on pourrait vivre ici plusieurs années.

Mais le rêve d'Apocalypse commence déjà. Une grande colère brise tous les sceaux de l'âme.

Moi, votre frère et votre compagnon dans l'épreuve.

Ta vision, écris-là. Fais comme Jean. Tu l'enverras dans tout le pays.

Écris-la Papineau. Dis-leur que tu es parti mais que tu reviens. Dis-leur que ton heure est venue.

Papineau s'est éveillé en sursaut. Ce n'est pas possible. Pas moi !

Pour qui te prends-tu ?

Il s'est levé, s'est forcé au calme.

Que l'exil est long !

Combien d'années encore ? Déjà Julie s'embarque avec les enfants pour venir me rejoindre ici.

Il faudra vivre sans argent, sans orgueil d'aucune sorte. Sans abondance et sans confort.

Il faudra parler, parler, parler. Tenir la parole éveillée.

Je retournerai dans mon pays. Quelques années encore et je retournerai. Encore un peu de temps.

SOMMAIRE

Achevé d'imprimer sur les presses de
L'IMPRIMERIE ELECTRA
(Division de Sogides Ltée)

Imprimé au Canada/Printed in Canada